EN SURFACE

DU MÊME AUTEUR

—

Les Silences. Finitude, 2023. (Prix Jean Monnet)

LUCA BRUNONI

EN SURFACE

FINITUDE

Illustration de couverture :
© John Duarte / Alamy

ISBN 978-2-36339-226-8

1

L'eau glacée glisse entre ses orteils et Leila se rend compte qu'elle a fait un pas de trop. Semelles dans le lac et chaussettes trempées, le gravier crisse sous son poids.

Le lac traverse la vallée comme un coup de pinceau bleu. Sur la rive opposée, au pied d'un bois, Leila distingue la fine ligne d'une plage de sable.

Elle sort son téléphone et relit les messages de son mari. *Bordel, t'es où ? T'as pas le droit de partir comme ça*, lui a écrit Giorgio à 6 h 45, alors que Leila était assise à la table de la cuisine. À travers la vitre, le lac était encore sombre. Sa main entourait une tasse de thé chaud, l'autre serrait un mouchoir humide de larmes. Elle n'a pas répondu.

Plus tard, en marchant vers la rive, alors que le bleu du

lac se mélangeait au vert des collines et à l'orange de l'aube, elle a pensé à ce mot, « droit ». Giorgio aurait pu utiliser « raison » – *tu n'as aucune raison* – et même si Leila en avait plusieurs, cela prêtait au moins à discussion. On peut voir les choses différemment. Tout comme on peut débattre de conséquences, de tempérament et d'honnêteté. Mais le droit d'être là où elle veut, ça, personne ne peut le lui enlever.

Le deuxième message est arrivé à 7 h 23. *Ne me force pas à venir te chercher.*

Leila remet le téléphone dans sa poche, puis fait un pas de plus dans l'eau.

*

La maison est louée pour une semaine avec possibilité de prolongation. Le prix est bas comme la saison, avec en plus un rabais pour le paiement de la main à la main – de celle de Leila à celle de la propriétaire, fragile et veinée de bleu.

Leila cherche la poignée pour fermer la porte derrière elle, comme elle le fait à son domicile, avec la veste de Giorgio suspendue à sa gauche, lourde de fumée de cigarette, et les Adidas de son fils Alex abandonnées dans le couloir. La porte d'entrée doit être accompagnée, sinon elle claque, le chien aboie et le bruit se répand dans toute la maison. Giorgio y pense une fois sur deux. Alex semble prendre plaisir à l'entendre claquer, et Leila a cessé de lui faire la remarque. Lui faire n'importe quelle remarque signifie recevoir en retour un grognement avec les yeux au ciel ou un « lâche-moi » du bout des lèvres. Il claquait déjà la porte avant de partir vivre seul à dix-neuf ans, fort de son premier salaire d'adulte, et il a continué à la claquer lorsqu'il est revenu chez ses parents avec quelques poils de plus sur son visage et le projet de reprendre ses études.

Leila enlève ses chaussures mouillées et les met à sécher devant le poêle. Les pellets crépitent dans les flammes. Elle regarde la peau de ses pieds, blanche et fripée par l'eau, puis elle ouvre son ordinateur portable. Sur l'écran, un contrat de vente : l'original en allemand d'un côté, le projet en français de l'autre. *Le client tient à ce que tu t'occupes personnellement de la traduction*, a écrit Joséphine, sa chef. *Je comprends ta situation difficile, mais pourrais-tu me rendre ce service ?*

Elle tente de se plonger dans le contrat, mais en vain. Des images de la veille ne cessent de surgir : le train qui pénètre dans la vallée, le ciel déjà trop sombre pour pouvoir reconnaître le paysage et le comparer à ses souvenirs d'il y a vingt-huit ans. L'arrivée à la gare déserte, les phares d'une vieille Clio, la propriétaire de la maison qui l'invite à monter à bord. Le premier message de Giorgio : *Pourquoi tu réponds pas au téléphone ?*

Leila grimpe l'échelle de la mezzanine et secoue les couvertures froissées. Le coin d'un livre apparaît sous l'oreiller. Modiano, *Quartier perdu*. Il est compris dans la location, comme le canapé en faux cuir, le fauteuil IKEA, la table basse, celle de la véranda, un vélo et les deux lits – il y a une petite chambre à l'arrière de la maison, mais Leila a préféré la mezzanine. « Je laisse toujours un roman dans l'appartement », lui a expliqué la propriétaire. « Si vous le finissez, vous pouvez aller l'échanger à la boîte à livres à côté de la boulangerie du village. »

La veille au soir, Leila s'était réfugiée entre les pages de *Quartier perdu*, à peine troublée par les gargouillis de la faim, l'obscurité qui brouillait peu à peu les mots et ses bâillements. Elle s'est réveillée à l'aube avec le livre sur l'oreiller. La photo qu'elle a utilisée comme marque-page dépassait de la tranche. C'était le premier objet qu'elle avait mis dans sa valise : un cliché d'elle adolescente, sur une plage au coucher du soleil, en compagnie d'une autre fille.

Elle s'assied dans le fauteuil de la véranda et ouvre le roman. Leila est une lectrice vorace : sa profession a habitué ses yeux à photographier les paragraphes et à les empiler comme des blocs de Lego. Dehors, la lumière change, une couche de brume glisse sur le lac. Elle serre les genoux, accélère pour terminer la dernière page, puis court aux toilettes sur la pointe des pieds.

Elle marche sur les sous-vêtements qu'elle a abandonnés au sol après la douche. Giorgio lui a toujours reproché cette habitude : « C'est si compliqué que ça de la mettre dans le linge sale ? » demandait-il parfois, une culotte suspendue à son doigt. Elle lui répondait que nettoyer le lavabo après s'être rasé n'était pas sorcier non plus. Ces derniers mois, pourtant, l'équilibre de leur vie conjugale s'était amélioré : si Leila remarquait des poils de barbe, elle les nettoyait d'un coup de chiffon. Les culottes suspendues à l'index de

Giorgio tournoyaient gaiement : « Regarde ce que j'ai trouvé. » Puis est venue cette nuit-là. Le claquement de la porte d'entrée, les aboiements du chien. Les chiffres éclairés du réveil entre ses paupières, *une heure cinquante-neuf*.

Au salon, le crépitement du poêle cesse. Elle trouve un sac avec quelques pellets dans un placard. La propriétaire lui a expliqué qu'une fois le sac terminé, Leila devrait appeler le numéro affiché sur le réfrigérateur à côté du prénom *Henry*.

Elle remplit le poêle et règle la température : juste ce qu'il faut pour que la maison soit accueillante après sa promenade, pour qu'elle puisse passer le reste de la matinée dans le fauteuil à lire le livre qu'elle aura échangé contre *Quartier perdu*. Lire, se distraire. Et ne pas penser à tout le reste.

Elle a fait le bon choix : elle ne pouvait plus rester chez elle. Pourtant, un sentiment de culpabilité s'est niché dans son estomac au moment de son départ, et il ne s'est toujours pas dissipé.

Leila retient sa respiration jusqu'à sentir le feu dans ses poumons, la panique dans ses muscles. Elle se souvient de ce que l'on éprouve lorsqu'on n'arrive plus à respirer.

La première fois qu'elle a ressenti cela, c'était dans une étreinte tiède, alors que quatre mètres d'eau pesaient sur son corps d'adolescente. La dernière fois c'était dans sa maison, quelques jours auparavant, dans le village où elle a grandi. La main n'a serré son cou que pendant quelques secondes, mais en vérité Leila, à ce moment-là, manquait d'air depuis déjà trop longtemps.

2

Leila emprunte le chemin longeant le lac. Des chalets en bois alternent avec des villas modernes et des maisons de vacances aux fenêtres barrées – la belle saison ne commencera que dans quelques semaines. Le brouillard s'est levé et l'air a le goût du sel, rappelant une brise de côte maritime. Leila croise une femme âgée qui promène son chien et un couple de randonneurs. Leurs bâtons de marche nordique tintent sur l'asphalte veiné de racines d'arbres.

Le village principal se situe à la pointe est du lac et s'étend jusqu'à la gare où Leila a posé sa valise la veille. Comme promis, il y a une boîte à livres à côté de la boulangerie : elle parcourt les titres et se laisse tenter par un ouvrage d'Hector Malot, *En famille*.

Elle pousse la porte de la boulangerie, le son de la cloche attire les regards et son estomac se serre. Elle se voit transportée dans celle de son village : les visages familiers, les yeux pleins de jugement, de reproches, de tristesse.

Mais une fois le bruit dissipé, personne ne lui prête plus attention à l'exception de la fille au comptoir. Leila lui sourit en retour et prend place près de la fenêtre. Vu de là, le lac ressemble à une rivière, large et sans fin.

Elle commande un croissant avec du café et du jus d'orange. Elle sort le livre de Malot, tapote ses ongles sur la couverture cartonnée – elle aime entendre l'écho du vide provenant d'un objet qui contient des mondes entiers. Elle remarque la ligne sombre d'un espace entre les pages. Elle pense à un marque-page, mais lorsqu'elle l'ouvre, un billet de cent s'échappe en même temps qu'une légère odeur de moisi.

Une note manuscrite figure sur la première page : *Lu entre le 14 décembre et le 2 janvier 1991. Des journées pluvieuses, le lac est en hausse. Les nouvelles lunettes aident ; sans elles, les lettres se mélangent sur la page.* Dans le coin inférieur, un nom : *Martine Norbert.*

La serveuse débarrasse la table. Vingt ans, peau couleur café au lait, pas encore délivrée des ennuis de la puberté – le front brillant, la rougeur d'un bouton sur la tempe. Vingt ans : Leila était déjà mère, à cet âge. Ses cheveux étaient longs, aujourd'hui ils s'arrêtent aux épaules. Pour obtenir le même brun, elle doit les teindre. Son visage a pris quelques rides, les kilos se sont redistribués, mais l'ont laissée mince. Giorgio dit que Leila vieillit au ralenti. Lors de son dernier anniversaire, il a inversé les numéros des bougies sur le gâteau : 34 au lieu de 43.

« Vous désirez encore quelque chose, madame ? »

Sur la poche du chemisier de la serveuse, il y a une étiquette avec *Surya* écrit en majuscules. « J'en avais marre de l'épeler aux clients, explique-t-elle.

— C'est un joli nom. Quelle origine ?

— Indonésien. Du côté de mon père.

— Et on le prononce comment ? »

Un sourire. « Sur ce point, liberté totale.

— Moi c'est Leila. Je prendrais volontiers un autre café. »

Pendant qu'elle attend, elle réfléchit à la prononciation du nom : elle essaie de placer l'accent sur la lettre a, d'allonger le u, et n'arrive pas à se décider. Quand la fille revient, Leila lui montre le billet. « J'ai pris un livre à la boîte qui se trouve dehors. Entre les pages, il y avait cet argent. »

Surya écarquille les yeux. « Un de mes professeurs disait que les livres sont la plus grande richesse. Apparemment, il ne mentait pas.

— Il appartient à une certaine Martine Norbert. Ça vous dit quelque chose ?

— Désolée, je suis nouvelle dans le coin. Mais ma patronne, quand elle a besoin d'une adresse locale, regarde toujours dans son vieil annuaire. Je vais le chercher. »

L'homme de la table voisine, visage barbu et chemise à carreaux tendue par un ventre généreux, se penche vers Leila. « Je peux vous le dire moi, où se trouve Martine. Mais elle ne parle plus, et permettez-moi d'ajouter que cela ne déplaît à personne.

— Pardon ?

— Elle repose dans le cimetière de l'autre côté du lac. »

Surya revient avec l'annuaire ouvert. « Norbert, Martine et Jacques. Voici l'adresse, ce n'est pas loin d'ici.

— Si j'étais vous, je garderais ce fric, dit l'homme. Vous en ferez certainement meilleur usage que le vieux Jacques. »

*

La maison est cachée par une tache de végétation à cinquante mètres de la rive. Leila ouvre une barrière en bois et débouche sur un jardin : de l'herbe jusqu'aux chevilles, des matériaux de construction sous une bâche mouillée, une porte de garage ouverte sur un atelier. Une collection de clés, tournevis, scies et marteaux est suspendue à des clous plantés dans le mur. Des lignes noires tracent les contours des outils – chacun à sa place, à l'exception d'un marteau. *Un marteau français*, réfléchit Leila, *table carrée et panne fendue*. Elle a appris ces termes en traduisant un manuel de fabrication de pièces en résine synthétique et ne les a plus oubliés.

La porte d'entrée est entrouverte sur un vestibule sombre. Des lettres empilées à côté d'un vieux téléphone, une odeur de renfermé, des bulles dans le papier peint. « Il y a quelqu'un ? »

Pas de réponse. Elle est sur le point de renoncer quand elle aperçoit une chaussure gisant sur le sol au bout du couloir. Un pied nu dépasse du cadre de la porte.

Le pouls de Leila s'accélère. Elle traverse le couloir et rejoint un salon entouré de bibliothèques débordant de livres. L'homme a glissé d'un fauteuil en cuir. Sa bouche est ouverte, son ventre se gonfle de longues respirations. Sur la petite table à côté du fauteuil, une bouteille de vin a dessiné un cercle sur les avis de décès du quotidien local.

Leila soupire, soulagée, et la poussière la fait tousser. Elle aimerait écarter les rideaux, ouvrir les fenêtres, laisser entrer de l'air et de la lumière. Elle laisse un mot sur la table expliquant comment elle a retrouvé l'argent, avec le numéro de téléphone de la maison qu'elle loue.

Son portable sonne. Elle se dirige vers la cuisine pour ne pas réveiller l'homme, et est sur le point de rejeter l'appel lorsqu'elle voit le numéro s'afficher : le commissariat. Elle se sent pâlir et répond dans un murmure. « Oui ?

— Madame Capuozzo ? C'est Sonia Sahiri. Je me suis occupée de...

— Bonjour, madame. Je me souviens de vous.

— Vous vous souvenez aussi que nous vous avons demandé de rester à disposition ?

— Bien sûr.

— Pourtant, votre mari dit qu'il ne sait pas où vous êtes.

— J'ai répondu au téléphone, non ?

— Lorsqu'un témoin n'est pas joignable à son domicile, je dois m'assurer qu'il peut être contacté. Où êtes-vous ?

— Je vous ai déjà dit tout ce que je savais.

— Cela ne dépend plus de nous. L'enquête est entre les mains de la procureure désormais.

— Si la procureure a besoin de quelque chose, elle peut m'appeler. Et je ne suis qu'à une heure de chez moi. Est-ce que cela vous suffit ?

— Pour l'instant, oui. Mais vous auriez dû nous prévenir, ça fait partie de vos obligations. Gardez ça en tête à partir de maintenant. »

Au moment où Sahiri raccroche, Leila entend la porte grincer.

« Qui êtes-vous ? »

L'homme porte une casquette de baseball qui lui couvre les yeux. Deux bras ornés de tatouages sortent de son t-shirt, ses doigts agrippent un marteau – *table carrée, panne fendue* – qu'il utilise pour soulever la visière de sa casquette. Un regard de glace, des iris d'un bleu si clair qu'ils paraissent blancs. « Que faites-vous ici ? »

Leila bredouille des excuses. Elle explique la situation, indique le billet sur la table du salon, à côté du livre.

Le tatoué grimace. « Qui me dit qu'il n'était pas déjà là ?

— Vous l'auriez vu, non ? »

Il fait un signe de tête en direction de l'homme endormi. « Jacques vit seul ici. Je n'utilise que l'atelier. » Il saisit l'argent et le glisse dans sa poche. « Maintenant, partez, s'il vous plaît. »

3

Le regard de glace pèse encore sur Leila alors qu'elle marche le long du lac. Il ne disparaît qu'au moment où elle ferme la porte derrière elle.

Le vide de la maison l'enveloppe, lui donnant une sensation étrange. Elle est seule après deux décennies d'espaces partagés : le premier nid loué avec Giorgio, le deuxième avec la chambre du bébé, puis la maison avec le jardin ; la chambre d'amis dans le village des grands-parents de Giorgio en Sicile, celles d'hôtels pendant les rares vacances familiales, les week-ends à Vienne et à Berlin avec des amies.

La première fois qu'elle a quitté la maison, elle s'est réfugiée chez sa mère. Maintenant qu'elle est morte, le choix s'est porté sur cette vallée, un endroit dont Giorgio ne sait rien – il n'a aucune idée de la place qu'il occupe dans le cœur de Leila, car elle ne lui en a jamais parlé. Elle n'en a jamais parlé à personne.

Elle regarde sa montre : onze heures et demie. Elle prépare un thé, s'installe devant l'ordinateur et ouvre le contrat à traduire. Elle a de la peine à travailler quand quelque chose la tracasse. L'ombre d'une dispute avec un collègue, une prise de bec avec Giorgio, une mauvaise réaction d'Alex à une critique – c'est tout ce qu'il faut pour gâcher son humeur et troubler sa concentration. Giorgio n'est pas comme elle, les conflits ne l'affectent pas plus que ça. Alex tient de son père, il a hérité de son caractère et la majorité de ses traits physiques. Tout ce qu'il a piqué à sa mère, c'est le brun de ses cheveux et la forme allongée de son nez.

Point 5, *Verpflichtungen des Lizenznehmers*, obligations du licencié. Elle prend une photo avec ses yeux. Dans sa tête, elle décompose le texte, décortique le sens de chaque phrase, recherche les mots français, combine, déplace, recompose.

Il s'agit d'un processus affiné au fil des ans et aidé par une mémoire qui enregistre tout ce qu'elle voit. Les blocs de texte survivent suffisamment longtemps pour être manipulés et traduits. Des souvenirs banals restent figés pendant des semaines, des mois, les détails s'effaçant à peine. Les plus forts se sculptent dans la roche et ne disparaissent plus.

Point 7, *Vorzeitige Beendigung*, résolution anticipée.

Des années auparavant, Giorgio lui a montré une étude scientifique trouvée sur le Net : *La mémoire photographique est un mythe*. Ces images, qui pour Leila semblaient être des copies conformes de la réalité, étaient modifiées par les mécanismes du cerveau. Bonne mémoire ? Bien sûr. Mais l'esprit humain n'est pas capable de prendre des photos. Leila n'avait pas d'arguments concrets pour réfuter la thèse, et ne ressentait pas le besoin de le faire. Mais ces scientifiques avaient tort.

Aujourd'hui encore, Leila peut voir le soleil flotter à la surface, quelques secondes avant que l'eau n'envahisse ses poumons. Une photographie nette qui n'a pas changé en vingt-huit ans. Elle ne changera pas non plus dans les vingt-huit prochains, et il en va de même pour les chiffres lumineux du réveil – une heure cinquante-neuf – juste après la porte claquée et l'aboiement du chien.

Point 12, *Schiedsvereinbarung*, clause compromissoire.

Point 13, *Modifikationen und Ergänzungen*, modifications et ajouts. *Toutes les modifications et tous les ajouts ne sont valables que s'ils sont approuvés par écrit.*

Elle envoie le contrat à sa chef et la remercie encore une fois de lui avoir laissé prendre congé du jour au lendemain.

Le portable vibre : Giorgio. Leila laisse l'appel mourir. Un deuxième s'ensuit, puis un texto : *Tu pourrais au moins répondre ? Ne me mets pas en colère.*

Elle se dirige vers le réfrigérateur. Trois aimants en forme de coccinelle supportent le même nombre de petits mots. Le premier est le code du wi-fi. Le second porte le numéro d'Henry, à appeler en cas de problème avec le poêle, l'eau chaude, ou pour obtenir un approvisionnement en pellets.

Sur le troisième, un vélo est dessiné. *Code du verrou : 6120.*

Elle écrit à Giorgio : *Je t'appelle dans une heure.*

*

Leila traverse le village, s'arrête sur la colline et observe le paysage : la route traversant la vallée, la gare ferroviaire, le lambeau de terre avec les rails qui sépare le grand lac de son petit frère. Adolescente, assise dans la voiture à côté de sa mère, elle avait aperçu le petit lac et avait baissé la vitre, convaincue d'être arrivée à destination ; mais la voiture n'avait pas ralenti. « Ce n'est pas celui-là ? » avait-elle demandé. Sa mère avait secoué la tête et un sourire lui avait échappé, le premier depuis qu'elles étaient parties ce matin-là à l'aube. Elle s'était garée quelques minutes plus tard. Leila était descendue le cœur battant, son regard cherchant la fin de l'étendue bleue, sans la trouver. Sa mère avait allumé une cigarette. Elle regardait dans la direction opposée, l'index sous l'œil pour recueillir une larme. « Je suis désolée de devoir te laisser seule. Mais quand je viendrai te chercher, j'irai mieux. Je te le promets. »

Aujourd'hui, le village paraît minuscule à Leila, la route moins large, mais le lac lui fait la même impression qu'alors. Elle enfourche son vélo et continue de pédaler. Autour d'elle, les arbres se font de plus en plus denses, formant un tunnel qui avale la lumière. Elle débouche sur une route pavée et la suit jusqu'à une maison de brique et de bois. À l'époque, Leila avait séjourné dans une petite chambre sous le toit. La maison appartenait à un couple d'amis de sa mère. Ils avaient accepté de garder Leila pendant l'été en échange de son aide au restaurant qu'ils géraient.

Leila continue jusqu'à une clairière en terre battue. Elle gare son vélo, descend à travers la forêt et rejoint une petite plage. Le lac reflète le ciel nuageux. Elle s'assied à quelques pas de l'eau.

Elle sort une photo de sa poche de veste, celle qu'elle a utilisée comme marque-page. La photo a été prise sur cette même plage, au crépuscule, quand elle avait quinze ans. Leila pose à côté d'une fille aux cheveux courts, au corps mince et allongé. Une ecchymose bleue se distingue sur son bras. Elle fait un V avec ses doigts – le V de victoire, mais aussi de Valérie, et sa main cache une partie de son visage.

Leila observe la surface calme de l'eau. Sa gorge se serre. Elle sent sur sa peau la chaleur d'un après-midi lointain. Elle se souvient du bleu étincelant du lac, de la tentation de s'immerger dans son ventre frais. L'image suivante est la sphère du soleil déformée par la surface, entourée de milliers d'éclats dorés.

Ici, Leila est morte – puis elle est revenue à la vie.

Avec son doigt, elle dessine un *L* dans le sable, suivi d'un *V*.

Elle sort son téléphone et compose le numéro de Giorgio.

*

« Qu'est-ce que tu fous !? T'es où ?

— Si tu veux qu'on parle, baisse d'un ton, sinon je raccroche.

— Tu m'expliques ce que tu t'es mis en tête ?

— J'avais besoin de paix, c'est tout.

— Et moi et Alex, tu crois qu'on s'amuse ? Ou tu ne penses qu'à toi ?

— Au moins comme ça, si tu veux faire comme si de rien n'était, tu peux. Et Alex ne devra plus multiplier les efforts pour m'éviter.

— Ce qui est arrivé est arrivé. Mais...

— Ce n'est pas qu'à la maison, le problème. J'en avais marre qu'on me regarde de travers à chaque fois que je mettais un pied dehors.

— Il fallait les laisser regarder, les gens finissent par se lasser. Au lieu de ça, tu nourris les ragots : *Tu sais que la femme de Capuozzo s'est barrée ? Tu sais pourquoi ?*

— C'est ça qui te préoccupe ? Les gens ? Dis-leur que je suis partie pour la même raison que la dernière fois. »

Leila entend un coup sec, le poing de Giorgio qui s'abat sur la table. La chaîne en or à son poignet tinte. « Ne me cherche pas, Leila.

— Quoi ? Tout le monde est au courant de cette histoire.

— La situation est assez tendue comme ça. La proc qui a été saisie de l'affaire est une jeune idéaliste, une emmerdeuse.

— Tu m'as dit de rester à ma place, que tu t'occuperais de tout. Je l'ai fait. Maintenant, laisse-moi tranquille pendant quelques jours.

— T'es partie comme une voleuse. Sans même dire où tu allais.

— Si je te l'avais dit, tu serais déjà ici.

— Je sais que l'atmosphère au village est lourde, mais ça passera. Dans les mauvais moments, il faut rester soudé.

— Une main autour du cou, tu appelles ça rester soudé ? »

Giorgio soupire. « Je t'ai à peine poussée. Je me suis excusé, j'avais les nerfs à vif. Je ne t'ai jamais touchée et je ne le ferai jamais. Je ne suis pas ce genre d'homme.

— Toi t'as les nerfs à vif, et moi, je stresse à l'idée de croiser des gens qu'on connaît au supermarché. Pourquoi je devrais rester subir tout ça ?

— Parce que tu es ma femme. Et Alex est ton fils.

— Un fils qui ne m'adresse plus la parole.

— Je te promets que je te laisserai de l'air. Je dormirai sur le canapé. Pour les courses, il y a les villages voisins. Rien ne t'oblige à…

— N'insiste pas, s'il te plaît.

— Et à ceux qui posent des questions, qu'est-ce que je réponds ?

— Que j'ai pris quelques jours de congé.

— Tu sais ce que je penserais, moi, si j'entendais une réponse comme ça ? Quel genre de femme part en vacances à un moment pareil ? Quel genre de *mère* ? »

Une vaguelette atteint ses pieds. La surface est agitée par le vent frais qui vient de se lever. Leila regarde l'eau effacer les lettres *L+V* dessinées dans le sable. « Je te rappelle dans les prochains jours », dit-elle en raccrochant.

4

Leila se regarde dans la vitre de la véranda et caresse la base de son cou : une légère trace pourpre, presque absorbée par le rose de sa peau.

Une poussée, a dit son mari. Elle peut encore voir son visage enragé – les poches sous les yeux, la barbe mal rasée, une petite touffe oubliée sous les narines. Son bras tendu, la chaîne en or qui tremblait autour de son poignet, lui aussi noir de poils. La main pressée contre la trachée de Leila. Cela n'a duré que quelques secondes, et puis oui, il l'a poussée. Peu après, les excuses : « Je ne voulais pas, je ne voulais pas serrer. » Maintenant, quelques jours plus tard, il ne reste plus que la poussée.

Elle deviendra une *petite* poussée, puis un effleurement. C'est toujours comme ça avec Giorgio : même une relation de six mois avec une autre femme a fini par se dégonfler et se transformer en un dérapage, un flirt, une banale histoire de sexe.

Leila respire profondément. Elle ferme les yeux, écoute le crépitement du poêle.

Un bruit sec la fait tressaillir. Un homme vient de toquer à la vitre de la véranda. Il la salue d'une main ouverte. De l'autre, il montre le livre de Malot.

Leila va ouvrir. Jacques Norbert se présente en touchant

la pointe de son chapeau. « Bonjour, dit-il. J'ai trouvé votre petit mot : personne ne répondait au téléphone, alors j'ai saisi le numéro dans l'annuaire, et j'ai vu que l'adresse était à deux pas. Je voulais vous remercier d'avoir rapporté cet argent. Je ne l'ai pas trouvé, mais je peux très bien imaginer où il est passé. Voilà, mais ce livre, il est à vous. Je l'ai déjà lu, il y a longtemps. J'en dépose un ou deux chaque semaine dans la boîte à livres pour faire de la place. »

Son costume rayé est repassé avec soin, mais le tissu des coudes est si usé qu'il laisse entrevoir sa chemise. L'odeur de son après-rasage camoufle une note d'alcool.

« Je n'ai jamais relu un livre de ma vie, continue Jacques, et ma femme Martine non plus. C'est pourquoi nous en avons accumulé autant. Je connais un horloger du coin qui n'a pas plus de dix livres chez lui, et ne fait que les relire. Il a lu neuf fois l'*Ulysse* de Joyce. Du moins, c'est ce qu'il raconte.

— Voulez-vous entrer ? J'allais faire du thé.

— C'est gentil, mais ce dont j'ai besoin en ce moment, c'est d'un bon bol d'air frais. » Son regard devient sérieux. « Je suis désolé pour mon état de ce matin.

— C'est moi qui dois m'excuser. La porte était ouverte et...

— Je vis seul depuis quelques années. Je dois avouer que j'ai un peu négligé ma maison, et ma personne aussi. Je vous prie d'oublier cette vilaine image. »

Leila sait que l'image demeurera dans sa mémoire, comme toutes les autres. Mais elle s'efforce de remplacer les traits de l'homme allongé au sol par ceux de la personne qui se trouve devant elle. « Ne vous inquiétez pas. Moi aussi, ça m'arrive de me laisser aller. Et j'insiste pour le thé. » Elle désigne le banc faisant face au lac. « Nous allons le boire dehors, qu'en dites-vous ? »

Cinq minutes plus tard, Jacques prend sa première gorgée. Ses doigts sont épais et couverts de callosités, son index est traversé par une cicatrice : une ligne horizontale interrompue par des barres, comme le décompte des jours sur un mur de prison.

« Vous avez dit que vous viviez seul ? » demande Leila. Elle souffle sur le thé, soulevant un nuage de vapeur.

« Quand ma femme Martine était encore en vie, la maison n'était pas dans cet état. Dès qu'un truc se cassait, je m'empressais de le réparer. Et le jardin, on aurait dit un terrain de golf.

— Je vous pose la question car j'ai croisé un homme chez vous, ce matin.

— C'est mon beau-fils, le fils de Martine. Il a dû entrer pour aller aux toilettes ou se faire un café. Nous ne sommes pas en bons termes, mais je le laisse utiliser l'atelier : comme ça, au moins, il travaille et se tient à l'écart des problèmes. Moi, de toute façon, je n'en ai plus besoin. J'ai passé toute une vie avec ces outils dans les mains. À bricoler pour moi et pour les autres. À tondre les pelouses, peindre les murs, déboucher les éviers. Maintenant, je laisse le temps faire son travail. Il y a quelque chose de réconfortant à voir le chaos s'installer. Ce sont des adversaires redoutables, le désordre et la décrépitude. Ils le sont encore plus ici, où de nombreuses maisons ne sont habitées qu'à la belle saison. »

Jacques repose sa tasse sur le banc. Sa main est secouée par un tremblement. Il se lève, réajuste son pantalon et son chapeau. Il montre le livre du doigt. « Hector Malot était très doué avec les mots. Dommage qu'on ne se souvienne de lui que comme un écrivain pour enfants. Martine l'adorait.

— Cet argent que j'ai trouvé dans le livre, demande Leila, c'est votre femme qui l'avait mis là ? »

Jacques sourit. « Elle se méfiait, elle n'aimait pas laisser de l'argent traîner à la maison et le cachait dans les livres. Drôle de hasard, n'est-ce pas ? Ce billet a échappé au destin pendant des années, pour finir dans les poches de la personne qui n'était pas censée le trouver. »

*

Le soir, Leila dîne au restaurant du village : des spaghettis à la sauce tomate accompagnés d'un verre de rouge. De retour à la maison, elle cherche sur Google l'adresse d'un bar ; il n'y en a qu'un ouvert dans les environs.

Elle pédale le long de la route principale et emprunte un chemin qui mène au milieu des champs. La lumière vacillante de sa lampe frontale se perd dans l'obscurité qui est descendue sur la vallée. Elle continue jusqu'à ce qu'elle repère des voitures garées devant un bâtiment au toit pentu. L'enseigne lumineuse indique : *Le Vagabond*.

À l'intérieur elle découvre une petite salle : le comptoir au milieu, pas de tables, une dizaine de clients assis sur des tabourets. Le plus vieux a la cinquantaine, le plus jeune n'a pas l'âge légal pour boire le double whisky que lui sert le barman.

Leila commande un verre de vin, écoute le rock se mêler aux bavardages des clients. Puis, elle reconnaît Surya. La jeune serveuse a détaché sa queue-de-cheval, le tablier de la boulangerie a été remplacé par une minijupe en jean.

Leila lève la main, Surya lui répond par un sourire. À côté d'elle se tient un homme de trente ans, cheveux blonds en bataille et barbe d'une semaine.

Leila boit son vin. Le chatouillement de l'alcool commence à faire effet – quelques verres lui ont toujours suffi.

Elle repense à cette nuit où tout a basculé. Elle a entendu le claquement de la porte d'entrée et a ouvert les yeux sur les chiffres éclairés du réveil, puis elle s'est rendormie. Le lendemain matin, elle a trouvé des bières vides sur la table de la cuisine, à côté d'un cendrier avec un mégot de joint. Elle avait voulu mettre les bouteilles dans le bac de recyclage, mais Giorgio lui avait dit qu'il allait s'en occuper. Au lieu de cela, elles étaient toujours sur la table à neuf heures du matin, quand la police est arrivée.

Leila fait osciller son verre et observe les remous dans le vin.

De l'autre côté du bar, le blond chuchote quelque chose à l'oreille de Surya. Il lui prend la main et l'entraîne vers la sortie.

Leila croise le regard la fille. Ce n'est qu'une fraction de seconde, mais elle y devine quelque chose qui ne devrait pas être là : un éclair de peur – peut-être même un appel au secours.

Elle sort dans le silence de la nuit, juste à temps pour voir une voiture s'éloigner vers les champs. Peu après, le bruit du moteur s'estompe. Leila récupère son vélo et pédale jusqu'à un croisement menant à un chemin de terre. Le véhicule est garé à une dizaine de mètres, les phares éteints.

La portière côté passager s'ouvre et se referme avec un bruit sec, accompagné d'un cri. Leila se précipite vers la voiture et frappe la vitre avec ses paumes. Le blond se retourne, les yeux écarquillés. Surya en profite pour bondir dehors. L'homme sort aussi, son index pointé vers Leila. « Vous êtes folle ou quoi ? Vous m'avez fait peur !

— Tranquille, tout va bien, dit Surya à Leila.

— Vous avez entendu ? continue l'homme. Il n'y a pas de problème ici. Maintenant dégagez, avant que je...

— Je m'en vais avec elle », dit Surya en s'éloignant d'un pas pressé.

Le blond démarre et les rejoint, fenêtre baissée : « C'était un malentendu, je suis désolé. Et vous, madame... Je ne voulais pas hausser le ton. Mais bordel, j'ai failli me pisser dessus. Vous ne voulez pas au moins que je vous ramène au bar ?

— On préfère marcher », répond Surya.

Il essaie de remonter la vitre, la manivelle se détache et lui reste dans la main. Il la regarde avec dépit. « Quelle soirée de merde», lâche-t-il avant d'appuyer sur l'accélérateur.

Surya roule des yeux et soupire.

«Tu es sûre que ça va? demande Leila.

— Ce con a juste essayé de m'embrasser. Quand j'ai voulu sortir, il a refermé la portière. J'ai crié parce que je pensais qu'il allait insister, au lieu de ça il m'a couverte d'excuses. Puis tu es arrivée.» Elle laisse échapper un rire. «Je crois qu'il s'est vraiment pissé dcssus.

— Il survivra.

— Je suppose que tu te demandes ce que je foutais dans une voiture au milieu des champs, avec un type que je n'avais pas prévu d'embrasser.

— Ça m'a traversé l'esprit.»

Surya fouille dans sa poche et en sort un petit sachet transparent. «J'achetais de l'herbe. Espérons qu'elle est bonne, au moins.»

*

Assise dans la véranda de Leila, Surya mélange de la marijuana et du tabac sur du papier à rouler. «Je l'ai connu sur un site de rencontre. Je cherchais quelqu'un chez qui me fournir, et en plus, il était beau gosse sur la photo.» Elle montre l'écran de son portable à Leila: le blond avec quelques années de moins, les cheveux encore épais et le ventre plat. «Mais quand je l'ai vu en vrai au bar, je me suis dit, non merci.

— À la boulangerie, t'as dit que tu n'étais pas du coin, c'est ça ?

— J'y travaille à mi-temps. Le reste, je le consacre à ma thèse. » Elle explique qu'elle est en dernière année de biologie, et qu'elle étudie la flore lacustre de la région. Elle loue une chambre à un couple de quinquagénaires. « Deux tarés. Le mari était convaincu que l'Indonésie était une île sur la côte africaine. Quand je lui ai montré la carte, il m'a dit qu'il existait aussi une Indonésie en Afrique, une ancienne colonie dont ils ont changé le nom. Sa femme s'est foutue de lui, et ils se sont pris la tête. Je les ai entendus crier pendant deux heures. »

Elle allume le joint, prend une bouffée et le tend à Leila.

L'odeur de marijuana remplit ses narines. Elle n'a touché à un joint qu'une seule fois dans sa vie, à quinze ans. Même lac, rive opposée. Un tapis d'étoiles au-dessus de sa tête, ses pieds dans l'eau, deux yeux verts qui la fixaient, la fumée jaillissant de la bouche de Valérie vers la sienne.

« Non merci. J'ai déjà la tête qui tourne à cause du vin.

— Et toi, que fais-tu par ici ?

— J'avais besoin de déconnecter pendant quelques jours. »

Surya regarde la pièce nue, la valise ouverte sous l'escalier de la mezzanine. « J'étais dans une voiture au milieu de nulle part, avec un type qui ne m'intéressait pas. Toi, tu es dans une maison louée avec une valise qui semble remplie à la va-vite et tu as une bague à l'annulaire. T'aurais pas aussi quelque chose à m'avouer, par hasard ? »

Leila sourit. « Je pensais que c'était moi qui avais le sens de l'observation. »

Pendant un instant, elle ressent le besoin de se confier. Mais comment expliquer sa situation à une personne qui ne connaît rien de sa famille ? Leila pourrait s'en tenir aux faits : évoquer la porte claquée qui l'a réveillée, les bouteilles sur la table le lendemain matin, l'arrivée des policiers. Expliquer qu'après la conversation dans la cuisine, les agents avaient embarqué Alex pour l'interroger. Qu'elle a dû attendre le soir pour comprendre ce qui se passait. C'est Giorgio qui s'était chargé des explications, tandis qu'Alex était assis à ses côtés, la tête basse, la pomme d'Adam vibrant de sanglots.

« J'ai eu des problèmes à la maison, dit Leila.

— Je m'en doutais. »

Alex avait juré ne pas avoir réalisé la gravité de l'accident ; il était persuadé d'avoir heurté le trottoir juste avant le passage pour piétons, d'avoir braqué à droite et à gauche pour réajuster la trajectoire, et d'avoir percuté un panneau. Il s'était arrêté une centaine de mètres plus loin : la route derrière lui était déserte. Alex et son ami Xavier, qui le suivait dans sa propre voiture, étaient alors repartis en vitesse, craignant un contrôle de police et un test d'alcoolémie. Une fois arrivé à la maison, Alex a expliqué ce qui s'était passé à son père, qu'il avait réveillé en rentrant. Ensuite, il a évacué la tension en continuant à boire et en fumant pendant qu'il regardait des vidéos sur YouTube. Xavier a fait la même chose chez lui, en jouant à la PlayStation. Ce n'est que le lendemain matin, avec l'arrivée de la police, qu'ils ont découvert l'ampleur du drame. Leila n'était pas convaincue par la version d'Alex, mais elle s'était renseignée et il existait des précédents : des conducteurs ivres causant des accidents sans s'en rendre compte, pour ensuite tomber des nues le lendemain en découvrant les dégâts sur leur voiture.

Surya tire sur le joint. « J'espère que c'est le genre de problèmes que l'on peut régler en s'éloignant quelques jours. »

Leila lève les yeux vers le plafond. Elle est sur le point de répondre « Je l'espère aussi », mais les mots restent coincés dans sa gorge.

5

Une demi-heure plus tard, Surya récupère son vélo et se dirige vers le village. Leila suit la lumière de la lampe frontale jusqu'à ce qu'elle disparaisse dans l'obscurité. Elle monte à la mezzanine et s'allonge sur le lit. Elle regarde le ciel étoilé par la fenêtre du toit.

Elle ferme les yeux et revoit la scène qui s'est déroulée dans sa cuisine, l'expression paniquée d'Alex au moment où les policiers l'ont emmené vers la voiture. L'année précédente, dans cette même cuisine, il avait annoncé à ses parents qu'il voulait reprendre ses études. Le travail de ferblantier dans l'entreprise de son père était « OK », mais « ne lui donnait pas satisfaction ». Giorgio lui avait demandé quel métier il comptait faire après son diplôme. « Peut-être dans une banque », avait répondu Alex. Plus tard, dans leur chambre, Giorgio s'était déshabillé avec des gestes nerveux. « Je vais te le dire d'où il vient, ce fantasme de job à la banque, avait-il crié depuis la douche. De son ami Xavier, qui gare sa BMW en leasing bien en vue partout où il va. Qui porte un costard qui est peut-être à la mode, mais moi j'ai l'impression qu'il s'est trompé de taille : on voit ses chevilles et sa raie des fesses. Alex dit *banque* et pense que banque veut dire une belle voiture, des fringues de marque et des sourcils épilés par une esthéticienne. Le genre de

chose qu'aiment les filles de son âge, comme par hasard. »
Au moment de se décider, pourtant, Giorgio et Leila avaient tous deux voté oui. Leila parce qu'elle espérait que le retour d'Alex à la maison aiderait à réparer leur relation, devenue presque inexistante. Giorgio parce que, finalement, il était incapable de refuser quoi que ce soit à son fils unique.

La carrière d'étudiant d'Alex n'avait duré qu'un semestre. Un vendredi au dîner, il avait avoué avoir raté plusieurs examens. Il avait de la peine à suivre les cours, ils étaient inintéressants et les profs mauvais. Giorgio lui avait passé un savon – mais Leila soupçonnait que sa colère provenait surtout d'un autre facteur : les études avaient obligé Alex à négliger les entraînements de football, lui enlevant sa place de titulaire dans l'équipe du village. Alex avait téléphoné à Xavier Wichs, son meilleur ami, pour lui proposer d'aller boire un verre. Il voulait se vider la tête et ne plus penser à son échec.

Leila fouille dans son sac à main et en extrait une boîte de somnifères. Elle s'était promis de ne les utiliser qu'en cas d'urgence, mais elle ressent le besoin d'arrêter de réfléchir et de sombrer dans le silence. Elle laisse un comprimé se dissoudre sur sa langue, allume la lampe de chevet et ouvre le livre de Malot. Dans le dôme de lumière, elle se perd entre les pages. Elle continue à lire jusqu'à ce que ses yeux se ferment.

*

L'aube teint le ciel de violet, le lac est caché par un mur de brouillard. Leila descend de la mezzanine en frissonnant – le poêle s'est bien allumé à cinq heures et demie grâce au minuteur, mais il a épuisé ses pellets, et le peu de chaleur produit s'est accumulé sous le toit.

Leila prépare du thé. Dans le cendrier, le mégot du joint de Surya, taché de rouge à lèvres. Alors qu'elle se dirige vers la poubelle pour le jeter, son portable vibre. Cette fois, ce n'est pas Giorgio, mais Damien Wichs, le père de Xavier. Le message ne contient qu'un seul mot : *e-mail*.

Damien et elle avaient commencé à communiquer par ce biais quelques années auparavant, lorsque Leila avait découvert que Giorgio voyait une autre femme.

Ce qui l'avait blessée, plus que l'infidélité elle-même, était les subterfuges que Giorgio avait utilisés pour la cacher. Son mari était un menteur chronique. Il se servait des mensonges, grands ou petits, comme d'un lubrifiant pour passer à travers les difficultés de la vie : justifier un retard, faire annuler une amende, payer moins d'impôts, échapper aux critiques, améliorer son image.

Après les aveux de Giorgio, Leila avait passé quelques semaines chez sa mère. Damien était venu la voir. Malgré son amitié avec Giorgio, il se disait dégoûté de la manière dont ce dernier s'était comporté. Parler avec Damien – qui vivait lui-même une période difficile dans son couple – l'avait beaucoup aidée.

Leila ouvre la messagerie. Elle trouve des dizaines de messages non lus : des publicités et des modifications des conditions de service. Le plus récent provient de l'adresse que Damien avait créée à l'époque pour communiquer en toute sécurité avec elle.

Salut Leila, je viens de discuter avec ma femme et Giorgio. Ils t'en veulent d'être partie, ils deviennent paranos, disent que ça va être perçu comme un signe de culpabilité. Moi, je te comprends. Parfois je voudrais me casser aussi, oublier ce cauchemar. Je n'arrive toujours pas à croire que ça nous soit arrivé, à nous. À nos familles, à nos enfants. Je ne veux pas savoir où tu es, ni pourquoi tu es partie. Mais si tu as besoin de parler, je suis là. J'ai toujours été là, tu le sais.

Leila se mordille la pointe de l'index. Elle apprécie le geste, mais elle sait qu'elle ne va pas l'accepter. Elle s'est éloignée de la maison pour monter une barrière entre elle et les événements, et entrer en contact avec le père de l'autre garçon impliqué signifierait l'abattre.

Je te remercie, mais pour le moment, je préfère pas. Peut-être plus tard.

Elle clique sur « envoyer », et un nouveau frisson l'envahit. Le thermomètre affiche 14 degrés. Leila se souvient du petit mot sur le frigo. *Pour les pellets du poêle, des problèmes avec la chaudière ou la cuisine, appeler Henry.*

Elle note le numéro, enfile sa veste et sort.

*

À la boulangerie du village, Leila réchauffe ses mains sur la tasse de cappuccino et ouvre le livre de Malot.

Surya lui apporte un pain au chocolat. « Il est venu ici, ce matin, murmure-t-elle. À l'heure de l'ouverture. Heureusement, il n'y avait pas encore de clients.

— Qui, le type d'hier soir ? »

Surya acquiesce. « Il m'a demandé si l'on pouvait se revoir, il ne voulait pas partir. Je crains que les gens d'ici le connaissent, que ses trafics ne soient pas un secret. Ma patronne est vieux jeu : à l'entretien d'embauche, elle m'a demandé deux fois si je buvais ou si je prenais de la drogue...

— Que sais-tu de lui ?

— Il s'appelle Marcel et il vit dans une caravane au camping. Il m'a raconté plein d'histoires, mais je ne sais pas si elles sont vraies : du genre qu'il était champion de snowboard. »

Une femme âgée entre dans la boulangerie, se soutenant avec une canne.

« Je reviens », dit Surya à Leila. Elle aide la femme à s'asseoir. « Madame Martinelli, comment allez-vous ? Je vous apporte tout de suite votre brioche. Marmelade, c'est ça ? »

Leila regarde sa montre : 8 h 23. Elle compose le numéro d'Henry. Une voix rauque répond, un « Oui ? » se frayant un chemin depuis le fond d'une grotte.

Leila explique qu'elle loue la maison de madame Berney et qu'elle a besoin de pellets. À l'autre bout du fil, des bruits de vaisselle, d'eau qui bout, le cliquetis d'un zippo. Une bouffée de fumée, puis la voix revient, plus douce : « Ça tombe bien, Madame Berney m'a demandé de jeter un coup d'œil à la salle de bains. Un problème d'humidité. Je peux passer dans une demi-heure ?

— Parfait, merci. »

Leila laisse l'argent pour le petit-déjeuner sur la table. « Je dois y aller, dit-elle à Surya. Mais tu peux passer chez moi après le travail, si tu veux. »

*

Leila est en train de garer son vélo devant la porte quand son téléphone sonne. Elle tourne la clé dans la serrure et entre avec le portable calé entre l'épaule et l'oreille. « Oui ?

— Madame Capuozzo ? Joanna Morel, du ministère public.

— Le ministère public ?

— La procureure chargée de l'affaire. »

Les muscles du ventre de Leila se contractent. « Bien sûr. Je vous écoute.

— Selon la police, vous n'êtes pas à votre domicile. C'est bien ça ?

— Comme je l'ai expliqué à l'agent Sahiri...

— Quand avez-vous quitté le domicile exactement ?

— Ne le prenez pas mal, mais je ne comprends pas pourquoi je devrais donner ce genre d'information.

— Au moins depuis trois jours, n'est-ce pas ? »

Par la fenêtre de la cuisine, Leila voit un pick-up ralentir et virer vers la maison.

« Madame Morel, puis-je vous rappeler dans quelques minutes ? J'ai de la visite. »

La procureure consent. Leila plaque un sourire sur son visage, mais lorsqu'elle ouvre la porte, il disparaît instantanément.

Les mains de l'homme tiennent deux sacs de pellets. Bras tatoués – un roi d'échecs, une toile d'araignée – épaules larges, casquette Nike tachée de peinture. Des yeux de glace.

« Bon, dit-il en frottant ses chaussures sur le paillasson, je peux entrer ? Ou je dois laisser les pellets ici et dire à madame Berney que je reviendrai une autre fois ? »

Leila le laisse passer. Elle le regarde déposer les pellets, prendre un carnet dans sa poche, un crayon sur son oreille, et se diriger vers la salle de bains.

« Vous voyez, c'est comme ça que ça marche, dit-il. On demande " est-ce que je peux entrer ? " et seulement après, on entre dans la maison d'un inconnu. »

Le ton utilisé par Henry mériterait une réplique bien sentie, mais Leila préfère ne pas jeter d'huile sur le feu. « Vous voulez boire quelque chose ? Un thé, un café ?

— Non merci », répond Henry depuis la salle de bains.

Il sort, examine les coins du plafond, passe son doigt sur une fissure dans le placard de la cuisine. Il ouvre la porte, les gonds grincent. Il prend des notes sur son carnet. L'écriture est large, chaque note l'oblige à tourner la page. Il soupire. « Écoutez, je suis désolé pour hier. J'étais de mauvais poil quand je vous ai croisée chez mon beau-père.

— C'est déjà oublié », dit Leila.

Il referme le carnet et le glisse dans sa poche. « Voilà, c'est tout bon. Il faudra que je repasse pour changer le gond du placard, par contre. »

Leila fixe le portable posé à côté de l'ordinateur. Elle pense à l'appel qui l'attend, à la voix sévère de la procureure. « Vous êtes sûr que vous ne voulez pas de café ? »

Henry regarde sa montre. Les tatouages sur son avant-bras paraissent fades, profonds, comme si une couche de peau avait poussé par-dessus. « Je n'ai pas beaucoup de temps. Mais j'avoue qu'un café me ferait du bien. »

Leila met la cafetière sur le feu.

« Avec la saison chaude qui pointe le bout de son nez, dit Henry, c'est la course. Les vacanciers aiment trouver leur maison en ordre, comme si c'était un hôtel. Les pires sont les Néerlandais, autant les propriétaires que ceux du camping : des radins de première catégorie. Ils débarquent avec leurs voitures chargées de bouffe et ne dépensent pas un sou.

— Jacques Norbert m'a dit que vous partagez l'atelier. Il faisait le même travail que vous, avant, non ?

— Hériter des outils de Jacques, c'était facile. De ses clients, un peu moins. Il s'était engueulé avec la moitié d'entre eux.

— Pour quelle raison ?

— Une histoire d'arbres. Ils gâchaient la vue et les propriétaires voulaient s'en débarrasser. Jacques, lui, disait que si la nature les avait mis là, ce n'était pas à eux de les abattre par caprice. »

Leila cherche dans ses souvenirs, compare les rives de son

adolescence à celles d'aujourd'hui. « Et les propriétaires ont gagné.

— Ils gagnent toujours », dit Henry en se frottant le pouce et l'index.

Leila lui tend le café. Il l'inonde de lait et ajoute trois cuillères de sucre.

« Mais ainsi va le monde. Dans cette vallée comme partout ailleurs. Et moi, je n'ai pas à me plaindre : je gagne correctement ma vie, et le soir, je me pose devant mon mobile home pour boire une bière fraîche en regardant le soleil se coucher.

— Votre mobile home ?

— J'habite au camping, sur la rive d'en face.

— Je croyais que c'était un camping saisonnier. Des gens y vivent à l'année ?

— Une dizaine d'âmes. Ce n'est pas si mal, sauf l'été quand ça se remplit de touristes. Moi, j'y suis neuf mois sur douze : l'hiver, je pars travailler sur les pistes, aux télésièges. Je fais de la maintenance. »

Henry termine sa tasse. « Passez une bonne journée. Et merci pour le café. »

Leila l'accompagne à la porte et le regarde monter dans le pick-up. « Vous connaissez un type blond qui s'appelle Marcel ? Il est censé vivre au camping aussi.

— Je le connais. Pourquoi ?

— Il a le béguin pour une serveuse du village. Elle n'est pas intéressée et Marcel ne semble pas le comprendre. »

Henry écoute sans rien dire.

« Je me demandais... pourriez-vous lui parler ? Peut-être que ça arrangerait les choses.

— J'habite au camping et je connais Marcel », dit Henry. Il baisse sa casquette sur ses yeux, ferme la porte et démarre. « Mais je me balade avec une boîte à outils, pas avec une étoile de shérif sur la poitrine. »

*

« Je vous ai téléphoné pour deux raisons, explique la procureure Morel. La première est simple : je pourrais avoir besoin de vous, et je voulais m'assurer que vous étiez joignable.

— La police l'a déjà fait.

— J'ai préféré vérifier par moi-même. La deuxième chose que je voudrais savoir, c'est si pour vous tout va bien, madame Capuozzo.

— Comme vous pouvez l'imaginer, c'est une période difficile.

— Je me réfère à votre absence du domicile. Je veux être certaine qu'il n'y a pas d'autres problèmes liés à ce dossier. Avez-vous subi des pressions ?

— Des pressions ?

— Par rapport à votre version des faits. Dans le rapport, j'ai lu que vous étiez endormie. Vous vous êtes réveillée, vous avez entendu des bruits, mais vous n'avez appris ce qui s'était passé que le lendemain.

— C'est exact.

— C'est votre mari qui vous l'a raconté ?

— Mon mari et mon fils.
— Lequel des deux vous parlait ?
— Tous les deux.
— Comment ça ? Est-ce qu'ils s'alternaient ? Ou parlaient-ils en même temps ?
— Je m'excuse, mais je ne comprends vraiment pas où vous voulez en venir. »

Une voix appelle la procureure. « Attendez une seconde », dit-elle à Leila.

Leila en profite pour ouvrir son ordinateur et saisir le nom de Joanna Morel dans Google. Une brune au sourire innocent apparaît. Des sourcils épais, un grain de beauté dans le sillon sous ses narines.

« Vous êtes toujours là ? dit Morel.
— Je suis là.
— Je veux en venir nulle part, pour l'instant. Je voulais juste me rassurer.
— Et vous êtes rassurée, maintenant ?
— Je le serais encore plus si j'avais votre adresse actuelle.
— Vous la garderez pour vous ?
— Bien sûr. Elle ne quittera pas mon dossier. Vous me promettez de me prévenir s'il se passe quelque chose de particulier, ou si vous vous déplacez à nouveau ?
— D'accord.
— Je vous recontacterai dans les prochains jours. En attendant, je vous laisse réfléchir. Ne perdons pas de vue le fait qu'une personne est morte. Une personne que, d'après ce que j'ai compris, vous connaissiez très bien. »

6

Le soleil perce les nuages et Leila lève les yeux du livre de Malot. Surya la rejoint dans le jardin. Elle lui raconte que Marcel est passé en voiture devant la pâtisserie à deux reprises. Elle craignait qu'il l'attende à la fin de son service. « Espérons qu'il en a eu marre. » Elle ouvre son sac à dos et en sort deux bières. « J'ai bien noté que tu ne fumes pas, mais *quid* d'une petite bière ?

— Tu n'as pas dit que tu travaillais à ta thèse, l'après-midi ? »

Surya se gratte le menton. « C'est juste. Suis-moi. »

Elles marchent jusqu'à la rive et s'assoient sur un tronc d'arbre.

« À ta gauche, dit la jeune femme, un splendide groupement de nénuphars. Celui qui pousse là-bas est un *myriophyllum aquaticum*. Il y a quarante-cinq espèces dans la zone du littoral, entre les émergentes, les flottantes et les submergées. » Elle croise le goulot de sa bière avec la bouteille de Leila. « Santé ?

— Santé. Mais je doute que ce soit le sujet de ta thèse. Plutôt une page Wikipédia récitée par cœur. »

Surya rit. « En effet. Pour être plus précise, je m'intéresse aux corrélations entre la flore, la faune et la qualité de l'eau. Ce que tu as en face de toi est un système complexe.

Bactéries, détritus, plancton, sels nutritifs, le tout brassé par les rayons du soleil et les affluents. Mais je ne voulais pas t'ennuyer à mort. »

Leila boit une gorgée. Les mots de Joanna Morel résonnent encore dans sa tête : *je vous laisse réfléchir*. C'est exactement ce qu'elle essaie de ne pas faire depuis qu'elle a quitté la maison. S'éloigner était aussi une tentative d'arrêter de penser à cette nuit, de se tourmenter avec ses doutes.

« Tout va bien ? demande Surya.

— Je profite du paysage. Les sels nutritifs, le myriophylle et tout le reste. »

L'annonce de l'accident l'a frappée comme un coup de poing. Elle a écouté le récit de Giorgio et Alex depuis un trou au fond d'elle-même, où les voix peinaient à l'atteindre. Pas même le temps de s'en remettre, et la découverte du nom de la victime l'a entraînée à nouveau dans l'abîme. Ce n'est que quelques jours plus tard que les mécanismes de son cerveau se sont remis en marche, faisant remonter à la surface plusieurs détails troublants. Un en particulier : les bières vides sur la table de la cuisine. Pourquoi Giorgio lui avait-il dit de ne pas y toucher, de les laisser là, bien en vue ?

Elle a commencé à nourrir des soupçons. Alex avait heurté le garçon avec le côté droit de la voiture, le même qui avait percuté le panneau, projetant le malheureux sur un parking non éclairé. Même en acceptant l'hypothèse – et Leila en doutait encore – qu'Alex ne s'était pas rendu compte qu'il avait renversé quelqu'un, il savait au moins qu'il avait causé des dégâts. Faire semblant d'avoir bu et fumé à la maison était un moyen de justifier son taux d'alcool et la présence de marijuana dans son sang. Comme par hasard, Xavier avait utilisé le même stratagème.

Quand Leila avait demandé des explications à Alex, il avait fait la sourde oreille : « Crois ce que tu veux. »

Elle s'était alors tournée vers Giorgio. Il lui avait répondu de ne pas s'en mêler, de les laisser gérer la situation. Leila avait insisté et l'avait traité de menteur, un mot qu'il vaut mieux ne pas utiliser avec Giorgio. La discussion avait dégénéré, jusqu'à cette main autour du cou – la « poussée ».

À partir de ce moment, l'air à la maison était devenu irrespirable. Au village, c'était encore pire : les conversations s'éteignaient sur son passage, les sourires s'aplatissaient ; fini les salutations et les bavardages, place aux silences gênés. Leila s'était sentie étouffer. Le lendemain, elle avait pris sa décision, fait sa valise et était montée dans le train pour la vallée.

*

Leila se lève à l'aube avec un fort mal de tête. Les somnifères lui permettent de dormir, mais le réveil n'est jamais plaisant. Elle lit les dernières pages du livre de Malot dans le fauteuil de la véranda. *Et j'ai idée que nous pourrons rencontrer l'homme de bon cœur qu'il nous faut. Alors nous vivrons heureux... en famille.*

À la boulangerie, elle parcourt les annonces dans le journal local : réunion du Conseil Municipal pour voter la rénovation d'une aire de jeux, soirée loto au centre sportif avec comme premier prix une télé Samsung, un vide-grenier dans une ferme le samedi après-midi.

Surya lui apporte son café. « Tu ne vas pas le croire. Marcel est revenu, ce matin. Il s'est excusé et a promis de me laisser tranquille. Il avait l'air sincère, même un peu effrayé.

— Effrayé ?

— On aurait dit un enfant qui a reçu une fessée. »

En quittant la boulangerie, Leila s'arrête à la boîte à livres. Elle en cherche un à échanger avec *En Famille*, mais la prise du jour est maigre : *Faire de belles photos de voyage*, une anthologie de *Picsou*, un roman qu'elle a déjà lu (*Bleak House* de Dickens).

Elle s'attarde sur une bible reliée en faux cuir. Elle lui rappelle celle que son père gardait sur sa table de chevet – bible que sa mère avait lue le jour de son enterrement, les larmes aux yeux. Leila avait quinze ans lorsque son père est mort. Longtemps, elle n'en avait pas su la cause exacte – une complication liée à une ischémie qui semblait pourtant ne pas avoir laissé de séquelles. Sa mère lui avait juste dit qu'il était tombé malade et que Dieu l'avait rappelé à Lui. Leila avait aussi pleuré à l'enterrement. Mais elle avait dû ravaler son chagrin rapidement – il fallait soutenir sa mère, qui était au bord de l'effondrement. Elle s'était efforcée de garder la tête haute et de s'occuper des tâches ménagères. L'absence de son père se faisait sentir, mais c'était l'absence d'un homme distant, avare d'affection.

Malgré les efforts de Leila, la santé mentale de sa mère n'avait pas tenu longtemps. Le médecin lui avait diagnostiqué une dépression nerveuse et lui avait prescrit une période de traitement dans une clinique. Sa mère était réticente, elle ne voulait pas abandonner Leila. La solution était venue par l'intermédiaire d'un couple d'amis: « Pourquoi ne la laisses-tu pas chez nous? Le lac est un endroit agréable pour passer l'été, et un coup de main au restaurant ne serait pas de trop. »

Leila replace la bible dans la boîte et lève les yeux vers le ciel gris. Elle pense à la journée qui l'attend, sans un roman pour lui tenir compagnie, pour créer un filtre entre elle et ses tourments. Puis, une idée lui vient.

*

« Qui est là?

— C'est Leila, monsieur Norbert.

— Ah, bien sûr. Laissez-moi... Donnez-moi une minute, j'arrive. »

Pendant qu'elle attend, son portable sonne: Giorgio. Elle est sur le point de répondre quand Jacques apparaît sur le seuil. Un peigne dépasse de sa poche. Ses cheveux sont lisses sur le crâne et sauvages sur les côtés. Un pan de sa chemise sort de son pantalon. « À quoi dois-je le plaisir de votre visite?

— J'ai fini le roman de Malot. J'en ai cherché un autre à la boîte à livres, mais je n'ai pas eu de chance. Je me suis souvenue de votre collection de romans que vous avez déjà lus et que vous ne lirez plus jamais. J'ose vous en emprunter un ?

— Bien sûr. Le problème, c'est le choix.

— Je vous laisse me conseiller.

— Voyons voir : un classique, ou quelque chose de plus obscur ?

— Allons-y pour l'obscur. »

Les yeux de Jacques se font petits. « Obscur à quel point ?

— Je ne me pose aucune limite. »

Il revient peu après avec un livre si fin qu'il paraît insignifiant entre ses doigts durcis par le travail manuel. « Voilà, de la littérature locale. »

En couverture, un dessin à l'aquarelle : une forêt ensoleillée, mais au cœur sombre. Séverine Sutcliffe, *Pourri Brûlé*. Leila feuillette les pages et respire l'odeur du papier.

Jacques lui fait un clin d'œil. « Il n'y a pas d'argent dans celui-là. J'ai déjà vérifié. »

*

« La procureure a convoqué Alex et Xavier pour un nouvel interrogatoire, dit Giorgio au téléphone. Et les parents de Xavier ont appris que t'as quitté la maison, ils sont venus me poser des questions. Nous nous rendons tous compte que tu vois les choses différemment. Tu es la seule qui connaissait bien ce garçon. J'ai réfléchi et j'ai décidé de te laisser faire comme bon te semble. À une condition : je veux savoir où tu es. Je ne peux pas tolérer qu'après vingt ans de mariage tu disparaisses comme ça.

— Et moi, je ne peux pas tolérer qu'on lève la main sur moi.

— Je n'ai pas levé... Et n'oublie pas que c'est ta faute, si mes nerfs ont lâché. Tu m'as poussé à bout, j'ai perdu le contrôle.

— Je t'ai seulement demandé la vérité.

— Tu as ressorti d'autres vieilles histoires.

— D'autres mensonges.

— Qui n'ont rien à voir avec ce qui se passe maintenant.

— Peut-être pas directement. Mais les mensonges restent des mensonges. Tu es le maître des mensonges, petits ou grands. Et Alex a été un bon élève.

— Alex a pris ses responsabilités. Xavier aussi. Je ne vois rien de mal à essayer d'éviter des conséquences plus lourdes, c'est ce que tout le monde ferait.

— Qu'est-ce que tout le monde ferait ?

— Rester vague sur ce qu'ils ont bu et fumé.

— Il y a une différence entre rester vague et monter une mascarade. Tout le monde ne fait pas ça. Pas quand il y a un mort.

— On ne savait pas qu'il était mort. On ne savait même pas qu'Alex avait renversé quelqu'un. Et je parie que si ce garçon avait été un inconnu, tu ne te serais pas posé toutes ces questions. »

Leila soupire. « Je savais que je n'aurais pas dû te rappeler.

— Tu sais quoi ? Je suis content que tu sois partie. Tu ne

mérites pas d'être dans cette maison. Sous ce toit, où nous avons élevé Alex.

— Tu l'as bien dit, élevé. Il a vingt-trois ans maintenant.

— C'est quand même ton fils, dit Giorgio en haussant la voix. Et toi, au lieu de l'aider, tu rajoutes des problèmes. Si cette histoire se termine mal, nous ne te pardonnerons jamais. »

Giorgio est loin mais pour Leila, c'est comme si elle se trouvait face à lui. Elle connaît par cœur les traits de son visage dans la colère, et ces yeux capables d'exprimer le mépris et la déception comme aucun mot ne peut le faire.

« Tu as entendu ? demande Giorgio. *Jamais.* »

*

Leila pose le téléphone sur la table, les yeux perdus dans le cratère de l'écran noir. Elle se demande comment il est possible d'en être arrivé là. Elle aimerait répondre que les choses se sont précipitées, à cause de l'accident.

Mais la vérité est plus complexe. Même si sa relation avec Giorgio traversait une bonne période, cela n'efface pas les problèmes, les tensions de ces dernières années. Et que dire d'Alex ? Que dire *à* Alex qui, enfant doux et gentil, s'est transformé en un garçon arrogant, puis en adulte aux mains tachées de sang ?

Leila sent les larmes mouiller ses pommettes.

Enfant, Alex avait l'habitude de se lever de table au milieu des repas pour poser sa tête sur les cuisses de Leila ; il disait

« Je t'aime, maman » et retournait manger. Maintenant, ils se parlent à peine. La faute à tous les deux, à une relation tumultueuse pendant l'adolescence.

Elle est encore en train de pleurer quand on frappe à la porte.

Henry lui montre sa boîte à outils. « J'ai vu votre vélo dehors, j'ai pensé que vous étiez à la maison. J'ai amené un nouveau gond pour le placard de la cuisine. J'en ai pour cinq minutes. »

Leila le laisse entrer, la tête tournée sur le côté pour cacher ses yeux rouges. « Je peux vous proposer un café ? Ou plutôt, un autre verre de lait sucré aromatisé au café... »

Il sourit – le premier sourire depuis qu'elle le connaît, les dents droites et blanches, une canine ébréchée. « Pas aujourd'hui, merci, je dois continuer ma tournée. Des clients m'ont demandé de vider leur cave. Dieu sait quel bordel je vais y trouver. »

Leila s'assied à table. Sur son téléphone, il y a encore un message de Giorgio. Leila grimace et secoue la tête.

« Si je n'en avais pas besoin pour mon boulot, je le balancerais dans le lac, dit Henry.

— Pardon ?

— Mon portable. Dans le lac. Il n'apporte que des emmerdes.

— Je pourrais simplement l'éteindre. Mais...

— Mais ?

— Rien. Toujours pas envie de café ? Je crois que je vais en faire de toute manière.

— Je peux être honnête ? demande Henry. Il y a un truc qui pèse sur ma conscience.

— Bien sûr.

— Je sais pourquoi vous ne pouvez pas éteindre votre téléphone. Je vous ai entendue parler à la police l'autre jour. Je vous ai fait la morale pour être entrée chez Jacques sans permission, alors que je venais d'écouter votre appel. »

Leila hausse les épaules. « Je ne peux pas prétendre à l'intimité dans la maison d'autrui.

— Je tenais à m'excuser quand même.

— Le principal est que vous ne m'ayez pas frappée à la tête avec votre marteau. Dites-moi plutôt, ce type du camping, Marcel : il s'est pointé à la boulangerie ce matin, la queue entre les jambes. Vous avez quelque chose à voir avec ça ?

— Il se peut que je l'aie croisé... Le camping est petit et en cette saison, comme je vous l'ai dit, nous ne sommes pas nombreux. Il se peut que j'aie laissé échapper deux ou trois mots.

— Ils ont eu de l'effet.

— Ça veut dire que je les ai bien choisis.

— La fille n'a pas été maligne non plus, dans toute cette histoire. Ce Marcel est un dealer, et...

— Ça, ça ne me regarde pas. »

Henry se concentre sur son travail. Il visse le gond et remet la porte du placard en place. « Je peux vous demander quelque chose ? Sans entrer dans les détails. C'est quoi le souci, avec les flics ? D'après ce que j'ai entendu...

— Un problème familial. »

Henry range ses outils dans la boîte. « Dans ce cas, ils ne peuvent pas vous obliger.

— M'obliger ?

— À parler. À répondre à leurs questions. Je vous le dis juste au cas où. »

Il ajuste la casquette sur sa tête et se dirige vers la porte.

7

Leila se promène au bord du lac quand son téléphone sonne à nouveau. Elle se dit que ce serait vraiment un soulagement de le voir tourbillonner dans l'air, puis couler parmi les sels nutritifs et le plancton.

« Je vois que vous tenez vos promesses, dit la procureure Morel. Toujours joignable. Comment se passe votre exil ?

— Ça va, merci.

— Je crains de devoir l'interrompre : j'aimerais vous parler en personne, au Palais. Demain matin, ça vous irait ?

— Est-ce vraiment nécessaire ? Si vous avez des questions, j'y répondrai volontiers au téléphone. »

Un bruit, le claquement d'un stylo posé sur le bureau. « Si demain ne vous convient pas, proposez-moi une autre date, dit-elle d'une voix ferme teintée d'une pointe d'arrogance.

— Vous avez mes déclarations dans le dossier. Je n'ai rien à ajouter, je ne vois aucune raison de me faire venir. Tout comme je ne vois aucune raison d'utiliser ce ton.

— Vous regardez beaucoup de films ? Ou de séries ? Je vous le demande parce que mon rôle est souvent mal compris. Je blâme la télévision pour cela : toutes ces bagarres entre l'accusation et la défense, c'est comme un combat sur un ring, avec le juge qui joue le rôle d'arbitre.

Mais ces histoires viennent des États-Unis. Je ne suis pas votre ennemie, madame Capuozzo. Je n'ai pas besoin de mettre des gens en prison pour me faire réélire. Je suis du côté de la vérité. C'est ça mon travail : faire sortir la vérité pour que les juges puissent appliquer la loi.

— Je vous crois. Mais je ne comprends toujours pas ce que vous attendez de moi.

— Pouvoir vous parler.

— Vous voulez dire m'interroger ? Ou c'est un mot qu'on utilise seulement dans les films américains ?

— Pour l'instant, je veux vous parler, dans le sens où vous avez peut-être des choses à me dire, mais surtout, *j'ai* des choses à vous dire. Des choses que vous ignorez peut-être. »

Leila ne réagit pas.

« Vous ne trouvez pas que c'est une bonne offre ? Je vous assure que j'en fais rarement de meilleures. Je vous conseille de l'accepter.

— Mais vous ne pouvez pas me forcer. En tant que mère de l'accusé, je ne suis pas obligée de parler, ou est-ce que je me trompe ?

— Vous avez bien parlé à la police, n'est-ce pas ?

— De mon plein gré. Je n'ai renoncé à aucun droit.

— Je vois que vous êtes informée. Mais vous devriez vous rafraîchir la mémoire : vous verriez que le droit de ne pas témoigner comporte des exceptions. Voulez-vous vraiment que l'on entre sur ce terrain ? »

Leila essaie de répondre, mais Joanna l'interrompt. « Demain matin à onze heures, devant le tribunal. » Puis une pause, un soupir. « Écoutez, c'est vraiment important qu'on se voie. Plus j'étudie le dossier, plus je suis convaincue que quelque chose cloche. Si ce que j'ai à vous dire ne vous intéresse pas, je promets de ne plus vous déranger. »

De retour de la promenade, Leila prépare un thé et le boit debout dans la cuisine. De l'autre main, elle teste l'ouverture du placard réparé par Henry : pas un grincement, le bord de la porte frôle à peine sa jumelle en se refermant. Elle monte sur la mezzanine avec le roman qu'elle a cmprunté à Jacques.

*

Deux heures et demie plus tard, elle termine le dernier paragraphe.

Elle a l'impression de se réveiller d'un rêve. Elle cligne des yeux et reste allongée, regardant le ciel s'obscurcir par la fenêtre du toit.

Le roman est divisé en deux parties. La première raconte l'histoire d'une jeune fille qui grandit dans une vallée, au sein d'une famille exclusivement masculine. On est dans la Suisse des années 70 et Séverine succombe aux charmes du courant hippie, s'attirant le mépris non seulement de ses proches, mais aussi du reste du village. Après avoir subi une longue série d'humiliations, elle rencontre un jeune homme à la scierie familiale. Il accompagne son employeur, un constructeur de bateaux qui a l'habitude d'y acheter son bois. Un jeu de regards entre Séverine et le jeune homme, une conversation à l'abri des oreilles indiscrètes, et le garçon promet de revenir la voir. Promesse tenue quelques jours plus tard, lorsqu'il réapparaît dans la vallée et plante une tente dans la forêt. Séverine le rejoint furtivement pour passer quelques heures avec lui. L'histoire se répète les week-ends suivants, et les deux amoureux font des projets : il a un ami qui vit dans une communauté hippie dans les montagnes, un véritable paradis terrestre ; le temps d'accumuler quelques économies et ils pourraient le rejoindre. Un soir, alors qu'ils ont dîné dans la forêt autour du feu, Séverine s'absente un instant pour faire pipi. À son retour, elle trouve son ami attaché à un arbre, un bâillon sur la bouche. Des hurlements et des rires s'élèvent des bois environnants. L'un après l'autre, les visages de plusieurs garçons du village sortent de l'obscurité.

La première partie se termine ainsi, sans un mot de plus.

La seconde s'ouvre cinq mois plus tard.

Séverine a déménagé dans un village voisin, mais sa réputation l'a suivie : une fille « facile » aux mœurs douteuses. Le propriétaire de l'usine où elle travaille est le seul à la traiter avec respect. Mais bientôt, ses attentions se transforment en avances. Un soir, Séverine cède et ils s'embrassent. Quelques semaines plus tard, elle reçoit la visite de la police : un comité, avec à sa tête la femme du propriétaire, l'a dénoncée aux autorités pour son mode de vie « indigne d'une communauté respectable », et une brève enquête dans sa famille et dans son village natal a confirmé le problème. La jeune femme fait alors l'objet d'une mesure d'internement administratif et elle est placée dans une « maison de rééducation ». Là, une nuit, elle se réveille avec de violentes crampes. Une visite chez le médecin révèle une grossesse.

Le livre se termine par un épilogue. Séverine endure un accouchement douloureux. Il lui est permis de serrer son enfant dans ses bras, mais elle n'aura pas le droit de l'élever, puisqu'elle est destinée à retourner à la maison de rééducation.

Leila est traversée par une bouffée de colère : elle a souvent entendu parler des *internements administratifs* en Suisse et des scandales qui en ont découlé. En même temps, le récit lui laisse un arrière-goût de douceur, un sentiment de solidarité et d'admiration pour Séverine, qui ne tient pas seulement au courage de coucher sur papier une histoire si douloureuse, mais aussi à la qualité de l'écriture. Leila rouvre le livre à la première page et lit à haute voix. Les mots glissent sur sa langue, les phrases s'emboîtent avec rythme, les fins de paragraphes arrivent au moment parfait.

Elle descend au rez-de-chaussée, s'assoit devant l'ordinateur et ouvre le livre sur la table. Le défi est de taille : restituer la musicalité de la prose française dans une langue aussi rugueuse que l'allemand va lui demander de faire appel à toutes ses compétences. Elle ressent un chatouillement au bout des doigts, son cerveau est en proie à une étrange euphorie. Et dire que petite, elle détestait l'allemand – cette langue hostile que son père d'origine autrichienne s'efforçait de lui enfoncer dans le cerveau.

Elle réfléchit au titre du roman. Difficile de savoir comment le traduire, car l'expression « pourri brûlé » n'apparaît jamais dans le texte. Pourri brûlé, *verbrannt verrottet*. Concernant l'auteur, une seule information sur la quatrième de couverture : *Séverine Sutcliffe est un pseudonyme*. Le livre est paru chez Âge des Lumières, un petit éditeur indépendant.

Leila se dirige vers la fenêtre. Le ciel est noir, des rafales secouent la cime des arbres. Son estomac gargouille – elle n'a mangé qu'un sandwich depuis le matin.

Elle repense à la conversation avec Morel, à ses derniers mots : « Je suis convaincue que quelque chose cloche. »

Elle compose le numéro d'Henry.

« Vous m'avez dit que vous étiez un homme à tout faire, c'est ça ?

— Ça dépend de ce que vous entendez par *tout*, répond-il, la voix couverte par le bruit du vent. Mais en général, si j'ai le bon outil, je me débrouille.

— Vous considérez votre pick-up comme un outil ?

— Sans lui, il me serait difficile de faire mon travail.

— Je sais que vous êtes très occupé. Mais j'aurais besoin d'un chauffeur, demain matin. »

8

Le thermos de café préparé par Leila vibre dans le porte-gobelet du pick-up.

Henry a pris une gorgée et s'est contenté de hocher la tête lorsque Leila lui a demandé si elle avait mis assez de lait et de sucre. Il n'a pas prononcé un mot depuis leur départ.

Leila effleure la figurine collée sur le tableau de bord, un objet en bois à l'allure exotique, surmonté d'une tête ronde et disproportionnée. Elle suit la route du regard et écoute le bruit des roues sur le bitume. La conduite d'Henry est brusque, et le petit drapeau accroché au rétroviseur – rouge et bleu, un petit soleil et trois étoiles – oscille à chaque virage.

Leila abaisse le pare-soleil et se regarde dans le miroir. Le côté droit de son cou est maquillé avec du fond de teint, une précaution exagérée puisque la marque violette laissée par les doigts de Giorgio a presque disparu. Mais Leila veut être sûre de ne pas offrir de nouvelles munitions à la procureure.

À la sortie de la vallée, un panneau indique la direction des grottes de Malvillard, l'une des principales attractions de la région. Leila les avait visitées lors de son premier séjour : des kilomètres de tunnels creusés par une rivière souterraine qui débouchent dans une cathédrale de stalactites. Tout le long du parcours, des lignes étaient peintes sur la roche, la plus haute accompagnée du chiffre 1986, année de l'inondation. Ce détail avait suffi pour que Leila voie l'eau monter, remplissant les grottes jusqu'au plafond. Ses poumons s'étaient ouverts en demandant de l'oxygène, la laissant haletante sous le regard des autres visiteurs. C'était cinq semaines après son arrivée dans la vallée, dix jours après avoir failli se noyer. La main de Valérie – la même qui l'avait trouvée, au fond du lac, et lui avait permis de respirer à nouveau – s'était posée sur la sienne. « Tranquille, lui avait chuchoté son amie. Tout va bien se passer. »

Un freinage sec fait crisser les pneus, la ceinture s'enfonce dans le sternum de Leila. Elle ouvre les yeux sur un parking avec un grill et une table de pique-nique.

« J'ai besoin de pisser », dit Henry en sortant.

Il revient avec une cigarette à la bouche et en offre une à Leila. « Désolé d'être de mauvaise humeur, ce matin. J'ai reçu une sale nouvelle. J'aimerais acheter la maison de Jacques et je pensais avoir un accord dans la poche. Mais apparemment, la parole des gens ne vaut plus rien de nos jours.

— Jacques a changé d'avis ? »

Henry prend une taffe, expire lentement. « Non, le propriétaire à qui Jacques la loue. Cette maison n'est peut-être pas un palais, mais tu aurais dû la voir avant : un vrai taudis. Jacques l'a remise en état quand il a emménagé avec ma mère, en échange d'un loyer réduit. Maintenant, le propriétaire a décidé de la vendre : je lui ai dit que j'étais intéressé, j'ai demandé un peu de temps pour rassembler des fonds et convaincre une banque de me suivre. Il a accepté et m'a même serré la main. Ce matin, j'apprends qu'il est en train d'étudier une autre offre.

— Vous n'aviez rien signé ? »

Henry secoue la tête. « Et je ne peux même pas renchérir : déjà à ce prix-là, j'ai du mal à obtenir un financement. Je pensais pouvoir l'acheter car c'est une vieille maison et le terrain n'a pas d'accès au lac. Le propriétaire semblait sensible au fait que ma mère y a vécu jusqu'au jour de sa mort. Mais maintenant... » Il jette sa cigarette par la fenêtre. « Bref, voilà pourquoi je suis d'une humeur de chien.

— Je comprends. Et tu n'as pas à t'excuser, c'est gentil d'avoir quand même accepté de m'accompagner.

— J'ai toujours du mal à croire que tu sois venue dans la vallée sans voiture. Ce n'est pas l'endroit le plus généreux côté transports publics.

— Je me débrouille à vélo. Et même si j'avais une voiture, je ne me mettrais pas volontiers au volant. »

Henry prend une nouvelle cigarette et tend le paquet à Leila. « Comment ça ? »

Elle regarde par la fenêtre. « Mon fils a eu un accident.

— Je suis désolé, dit Henry. J'espère que... »

L'estomac de Leila se comprime jusqu'à lui couper le souffle. « Il a tué quelqu'un. »

Henry soupire, puis lui allume sa cigarette. Les bâtiments gris de la ville apparaissent à l'horizon.

*

Le palais de justice est une vieille construction à l'allure militaire – des couloirs sombres, une acoustique qui amplifie chaque bruit.

Joanna Morel ouvre la porte d'une petite salle qui sent le renfermé. Une table et quatre chaises, une nature morte accrochée au mur. Les stores sont baissés et Joanna ne les remonte pas. Les yeux de Leila s'adaptent à la lumière artificielle.

« Un café ? » demande Joanna.

Leila acquiesce. Avec son corps menu et ses grandes lunettes, Joanna ne ressemble pas à la femme autoritaire que Leila s'était imaginée.

Quelques instants plus tard, elle revient avec deux cafés dans des gobelets en papier et une bouteille d'eau minérale déjà entamée. Elle ouvre un classeur et tend une photocopie à Leila. « Pour commencer, je voudrais que vous preniez connaissance de ceci. Il s'agit d'un résumé des déclarations faites par l'ami de votre fils, monsieur Xavier Wichs. J'aurais aussi besoin de votre signature sur le procès-verbal.

— Ce n'était pas censé être une rencontre informelle ?

— Je vous ai promis qu'il ne s'agirait pas d'un interrogatoire. Mais je dois quand même respecter la procédure. Vous pensiez que nous nous rencontrerions dans un parking et que je sortirais des documents de mon ciré ? » Elle indique le procès-verbal. « Je n'écris rien de ce que nous nous disons. Seulement que nous nous sommes rencontrées, et que vous m'avez autorisé à vous montrer des papiers. »

Leila parcourt la déclaration de Xavier. Elle ne contient rien qu'elle ne sache déjà : Xavier rencontre Alex au bar « Le Corbeau »... Alex est abattu à cause de sa dispute avec ses parents au sujet de ses examens ratés... Alex et Xavier discutent et boivent... trois bières chacun, une grande et deux petites, pour un total d'un litre et dix centilitres... ils échangent quelques mots avec d'autres jeunes... ils quittent le bar, fument une ou deux cigarettes et montent dans leurs voitures : une Subaru Impreza (Alex) et une BMW Série 3 (Xavier).

Le goût du café se fait acide dans sa bouche. Leila le rince avec une gorgée d'eau et continue de lire : Sur le chemin du retour, Xavier voit Alex ralentir et s'arrêter. Ils sortent, observent la route déserte, remarquent le panneau au sol. Ils remontent dans leurs voitures et s'en vont.

La dernière partie de la déclaration est aussi sans surprises : Les garçons s'arrêtent pour discuter chez Xavier, le temps de fumer deux cigarettes. Une fois seul, Xavier allume sa PlayStation, boit plusieurs bières et fume un joint. Il répond à un appel d'Alex, qui le remercie pour la soirée. Le lendemain matin, il reçoit la visite de la police. C'est là qu'il découvre qu'Alex a effectivement renversé un panneau, mais qu'auparavant, sur le passage piéton, il a heurté un jeune homme avec le côté droit de sa voiture.

La victime – Leila l'a appris par la police – portait des habits sombres, et des écouteurs ont été retrouvés près du corps, ce qui explique peut-être pourquoi il n'a pas entendu les voitures s'approcher.

Elle rend le document à Joanna.

« Ne me dites pas que vous avez déjà terminé.

— Je lis vite. Déformation professionnelle, je suis…

— Traductrice, je sais. Qu'est-ce que vous en pensez ?

— C'est la version que je connais déjà.

— Celle de votre fils et de votre mari.

— Mon mari n'a rien à voir là-dedans, il n'était pas présent.

— En effet, il n'existe qu'une seule version dans ce dossier, dit Morel. La même pour tout le monde, identique. Ça arrive rarement. Et quand c'est le cas, soit elle reflète parfaitement la réalité, soit…

— Je n'étais pas là non plus. Et ça… dit Leila en indiquant la déclaration, c'est tout ce que je sais.

— C'est ce que vous savez dans votre tête. Mais peut-être que votre intuition vous suggère autre chose.

— Rien qui puisse vous aider, je le crains.

— Vous connaissiez la victime. »

Leila sent les battements de son cœur ralentir, le café remonter dans son œsophage et enflammer sa gorge.

« Éric Delacroix, ajoute Joanna, dix-neuf ans. Apprenti bûcheron. Vous lui avez donné des cours de français quand il était au collège, non ?

— Des cours de soutien.

— Pour l'aider avec sa dyslexie.

— Non, pour l'aider avec son français. Je ne suis pas thérapeute.

— Une idée de la mère d'Éric, madame Caroline Delacroix. L'une de vos amies, je crois.

— De mes connaissances. Nous habitons le même village.

— Savez-vous que madame Delacroix est toujours en traitement chez un psychologue ? »

Leila baisse les yeux. « Je sais.

— Tout comme la petite amie d'Éric. Elle aussi a accouru sur le lieu de l'accident. Elle restera à jamais traumatisée.

— Qu'est-ce que vous essayez d'obtenir de moi ? Vous voulez me faire fondre en larmes ? Vous allez y arriver. Et après ?

— Vous avez continué à aider Éric dans ses études pendant son apprentissage, n'est-ce pas ? Quand l'avez-vous vu pour la dernière fois ?

— Je… l'ai croisé au village – je le croisais souvent.

— Et vous aviez l'habitude de vous arrêter et de discuter un moment avec lui.

— Oui.

— C'est donc comme ça que vous vous souvenez de lui : souriant, plein de vie, peut-être en train de vous raconter sa journée de travail – un travail qu'il aimait beaucoup. »

Leila remarque un changement dans les yeux de Joanna, alors que sa main disparaît sous la table.

« Caroline Delacroix, elle, la dernière fois qu'elle a vu son fils, elle l'a vu comme ça. »

Avant que Leila ne puisse détourner le regard, la photographie glisse dans son champ de vision. Elle tente de forcer ses yeux à ne pas capturer l'image, à ne pas l'enregistrer dans sa mémoire, mais c'est trop tard.

La procureure se penche vers elle. « Regardez-la bien,

parce que ça, c'est la réalité, la seule vérité absolue : un corps défiguré sur le bitume. Une mère qui est arrivée en courant et s'est effondrée à genoux, pour embrasser ce corps, pour essayer de le secouer, de le ramener à la vie. Le reste est une vérité incomplète, fabriquée. Les éléments que je suis en train de rassembler le confirment. »

Leila se concentre sur sa respiration. Les murs de la pièce se resserrent autour d'elle, l'air qui traverse ses narines semble plus froid. « Mon fils les a-t-il vues, ces photos ?

— Bien sûr qu'il les a vues. Tout comme Xavier Wichs.

— Et ils n'ont pas changé leur version ?

— Pas d'un iota.

— Vous ne pensez pas que peut-être, ose Leila avec un filet de voix, c'est parce qu'ils disent la vérité ?

— Non, je ne le pense pas. Je pense qu'ils ont bu plus qu'ils ne le prétendent, peut-être même fumé de la marijuana. Malheureusement la prise de sang a été tardive, et donc inutile. Je pense aussi qu'ils mentent sur la dynamique de l'accident. Mais je vais retourner chaque pierre. J'ai ordonné de nouvelles expertises : sur la vitesse, l'impact, la trajectoire de la voiture... La vérité se cache souvent dans les détails, madame Capuozzo.

— Alors, pourquoi m'avoir fait venir aujourd'hui ? Juste pour me mettre cette photo sous le nez ? Vous pensez que je ne savais pas combien de souffrance...

— Je pense que maintenant c'est beaucoup plus clair. Alors, s'il vous plaît, si vous vous souvenez de quelque chose que votre fils vous a dit, ou d'une conversation entre Alex et votre mari, entre Alex et Xavier... bref, toute information qui s'écarte de l'histoire qu'ils me fourguent depuis le début. Dites-le-moi.»

Joanna se frotte les yeux. Soudain, elle a l'air fatiguée. «Je sais que vous êtes la mère d'Alex. Et je comprends que ce que je demande n'est pas facile. Mais essayez de vous plonger dans les jours qui ont suivi l'accident. Si vous ne trouvez rien, cela s'arrêtera là. Dans le cas contraire... ce sera à vous de décider si vous voulez faire le bon choix ou pas.»

9

La voix rauque de Springsteen accompagne le voyage de retour – *Magic*, l'un des CD empilés dans la boîte à gants. Le volume bas, juste de quoi combler le silence. Dans sa main, Leila tient encore la carte où Joanna a noté son numéro de portable.

La voiture pénètre dans la vallée et le lac apparaît à l'horizon. Leila repense à l'époque où, jeune fille, elle a parcouru cette route pour la première fois. Elle s'imagine pouvoir transformer le pick-up d'Henry en la Renault de sa mère ; pouvoir revenir en arrière, revivre cet été-là et lui écrire une fin différente. Une question surgit, gonfle comme une boule dans son estomac : une fin différente, et puis quoi ? La vie reprenant son cours, celui qui l'a ramenée là, sur les rives du lac, une seconde fois après tant d'années ? Ou alors une autre vie ? Sans Giorgio, sans Alex ?

« Je ne sais pas qui était l'ingénieur du son, dit Henry, mais il a fait vraiment n'importe quoi. »

Leila tente d'éloigner ses pensées. « Qui a fait n'importe quoi ?

— Le type qui a mixé l'album de Springsteen. Ça sonne plat. Dommage, car les chansons sont belles. »

Leila se concentre sur la musique. Henry a raison, la voix du chanteur semble coincée entre les instruments.

« Je te ramène chez toi ? demande Henry. Ou t'as envie de manger un morceau ?

— C'est une bonne idée.

— Je dois d'abord passer par l'une des maisons que j'entretiens. Les propriétaires arrivent cet après-midi, ils m'ont demandé d'allumer la chaudière et de passer l'aspirateur, il y a toujours un tas de moucherons morts. Je te dépose et je reviendrai te chercher dès que j'aurai fini, d'accord ? Comme ça, tu auras le temps de réfléchir à ce que tu aimerais manger. Je te cuisinerais bien quelque chose, mais je n'ai que du pain et du fromage à la maison.

— Si ça suffit pour toi, ça me va aussi.

— Sûr ?

— Je n'ai pas très faim. Et je suis curieuse de voir où tu habites, de voir comment le camping a changé en trente ans.

— Trente ans ?

— C'est une longue histoire. Peut-être qu'un jour je te la raconterai. »

Une fois chez elle, Leila tente de se distraire en traduisant quelques paragraphes de *Pourri Brûlé*, mais l'image du corps sans vie d'Éric ne la quitte pas. Elle s'acharne sur la précision des mots, met la barre de plus en plus haut.

Quelques minutes plus tard elle court aux toilettes, où elle vomit de l'eau et du café jusqu'à ce que les spasmes laissent son estomac vide.

Deux coups de klaxon résonnent à l'extérieur. Elle sort de la maison et pousse son vélo jusqu'au pick-up.

« Je rentrerai à vélo, dit-elle à Henry. Ça me fera du bien. »

*

Henry se gare devant la cafétéria du camping. Une planche est clouée en travers de la porte et un sachet en plastique voltige sur la terrasse déserte. La cafétéria montre les signes de vieillissement, mais pour Leila elle représente tout de même une nouveauté : à son époque, le camping n'était qu'une clairière avec une dizaine de camping-cars, quelques tentes et des jeunes en cercle avec une guitare. Aujourd'hui, il s'étend des deux côtés de la cafétéria, sur une bande de terrain le long de la voie ferrée.

Un homme est allongé sur un ballon gonflable, le dos voûté : Marcel, le prétendant de Surya. Derrière lui, une caravane tachée de rouille. Un morceau de carton couvre une fenêtre cassée, de l'eau de pluie s'écoule de l'antenne parabolique sur le toit.

« Il trafique quoi avec ce ballon ? murmure Leila.

— Il appelle ça du Pilates, mais je doute que ce soit fait dans les règles de l'art. Il a d'abord essayé des comprimés à base de plantes et un matelas orthopédique de seconde main. Il a même payé un gourou qui promettait de le remettre sur pied en récitant des prières par téléphone.

— Le remettre sur pied ?

— Son dos est en vrac. Un accident de snowboard, ils ont dû le récupérer en hélicoptère. »

Ils arrivent au dernier mobile home au bout du camping. On dirait un objet de luxe comparé à la caravane de Marcel :

la peinture est impeccable, les vitres sont propres, des fleurs ornent le rebord de la fenêtre – même si, à vrai dire, elles auraient besoin d'un peu d'eau.

Henry glisse la clé dans la serrure. « Ce n'est pas grand-chose mais ça me permet de mettre de l'argent de côté. Jette un œil si tu veux, je m'occupe du déjeuner. »

La cuisine s'ouvre sur un salon avec un canapé, une table basse, une petite bibliothèque avec des livres et des disques vinyle. Sur le mur, un calendrier avec la photo d'une marmotte, rempli de rendez-vous. Leila parcourt les livres et en choisit un au hasard : *Le Temps des noyeurs* de John D. MacDonald. Sur la page de titre, elle trouve une note manuscrite : *un beau polar lu lors d'un week-end gris et sombre. Martine Norbert, 7 avril 1989*. Elle fait glisser son doigt sur les autres volumes jusqu'à rencontrer un titre familier, à peine visible à cause de la fente qui court le long du dos : *Pourri Brûlé*.

Henry l'appelle depuis l'extérieur. « C'est prêt ! »

Sur la table, des tranches de pain, des carottes, des tomates cerises, deux fromages qui piquent les narines.

Henry trempe le pain dans une tache d'huile d'olive et coupe le fromage avec un couteau de chasse. « Je sais que la nourriture est la dernière chose à laquelle on pense quand on a l'esprit troublé. Mais moi, je vois ça comme de l'essence et je fais l'effort de mettre quelques gouttes dans le réservoir. »

Leila mange une tomate et prend une tranche de pain.

« Je voudrais te poser une question, dit Henry. Ça t'a aidé ? De venir ici, de t'éloigner des problèmes ?

— Je crois, oui. C'est un soulagement de ne pas me sentir observée dès que je sors de chez moi. De ne pas entendre les murmures des gens quand je fais mes courses. Ici, je ne suis qu'une touriste. Tu es le seul à qui j'ai parlé de l'accident. Mais je ne t'en ai raconté qu'une petite partie.

— Ce sont tes affaires, je ne suis qu'un inconnu.

— Justement, tu es neutre. »

Elle lui détaille ce qui s'est passé lors de sa rencontre avec la procureure, y compris la manière dont elle lui a montré la photo du corps. « C'est une femme difficile à cerner, pas très délicate. Mais elle fait son travail, après tout. »

Henry grimace. Il coupe une tranche de fromage et la fourre dans sa bouche avec le couteau. « On peut aussi faire son travail sans coups bas de ce genre.

— Je pense qu'elle suspecte un délit de fuite. En tout cas, elle ne croit pas à la version de mon fils et de son ami. Le problème, c'est que si Alex a menti à la police, alors il m'a menti aussi. »

Ils finissent de manger. Leila regarde sa montre, se lève et frotte son pantalon pour se débarrasser des miettes. « Je t'ai déjà assez embêté. Tu as sûrement beaucoup à faire.

— La journée est encore longue, t'inquiète.

— Et merci pour le déjeuner.

— Un morceau de pain et deux vieilles croûtes ?

— De l'essence dans le réservoir », dit-elle dans un sourire.

Henry fait rouler une tomate entre ses doigts. « Tu sais, partir, s'éloigner des problèmes, c'est une tactique que j'ai souvent utilisée aussi.

— Et ça a marché ?

— D'une certaine manière, oui. Mais je suis né à quelques kilomètres d'ici, et quarante-six ans plus tard, après avoir erré à droite et gauche, me voilà de retour à la case départ. »

10

Leila longe la rive jusqu'au chemin qui mène à la plage. Elle pose son vélo contre un arbre et s'assied près de l'eau. Le vent pousse les vagues jusqu'à ses pieds. Elle contemple la surface ondulée, si différente du miroir bleu dans lequel elle s'était immergée lors de son accident, assommée par le soleil du début d'après-midi.

À quel jeu joues-tu, madame la procureure ?

Elle venait de terminer son service au restaurant et elle avait refusé la proposition du cuisinier de lui préparer quelque chose – ses hanches lui paraissaient trop larges quand elle se regardait dans le miroir, et elle sentait ses fesses rebondir lorsqu'elle courait d'une table à l'autre.

Peut-être penses-tu que nous mentons tous : Giorgio, Alex, Damien, Xavier et moi. Tu espères qu'en faisant appel à ma mauvaise conscience, tu arriveras à me soutirer la vérité.

Elle était arrivée à la plage couverte de sueur, les épaules et la nuque brûlées par le soleil. En s'immergeant dans le lac, elle s'était arrêtée pour savourer la sensation de fraîcheur, et avait interprété son léger étourdissement comme un effet de l'extase qu'elle ressentait – un bain régénérant après six heures de travail. Puis elle s'était mise à nager.

Ou bien, tu es plus sournoise. Tu as deviné que je ne connais pas non plus la vérité. Que je suis autant victime des mensonges que toi. Tu veux me mettre sur la piste que tu as reniflée, en espérant que je découvre quelque chose.

Elle s'était éloignée de la rive, puis, soudain, ses jambes avaient cessé de répondre. Elles étaient devenues un lest, une ancre attachée à son torse la tirant vers le bas.

L'image suivante est celle du soleil déformé par la surface, des particules flottant autour d'elle comme de minuscules paillettes d'or. Cet instant lui avait paru durer éternellement. Puis sa vue s'était brouillée, transformant l'eau en un liquide trouble. Avant que la lumière ne s'estompe, une forme était apparue : une boule sombre entourée d'algues. Ce n'est que plus tard, allongée sur la plage, qu'elle avait réalisé que cette boule était un visage, et les algues des cheveux. « Tu dois remercier cette jeune fille, lui avait dit le monsieur qui lui tenait la tête et lui mouillait les lèvres avec une bouteille d'eau. C'est elle qui t'a retrouvée là-dessous. »

Le visage de la fille s'était dessiné entre ses paupières : une peau bronzée, des cheveux courts, la frange encore humide lui collant au front. « Tu t'appelles comment ? » Leila avait avalé une gorgée d'eau, qui avait libéré sa voix. « Leila. » La fille lui avait souri. « Moi, c'est Valérie. » Cette nuit-là, couchée dans son lit, Leila s'était souvenue d'un autre détail. Au fond du lac, alors qu'elle oscillait entre conscience et obscurité, elle avait senti la main de Valérie serrer la sienne, comme pour lui dire : tout va bien, n'aie pas peur.

Leila sort le téléphone de sa poche.

S'ils t'ont menti, Joanna, ils m'ont menti aussi.

Elle fait défiler le répertoire jusqu'au numéro d'Alex.
« Vous avez parlé à Henry, n'est-ce pas ? »

Leila tressaille. Elle se tourne et se trouve face à Marcel, qui la regarde de travers. Il porte un jean coupé au niveau des genoux et ses mains reposent dans la poche de son sweat à capuche.

« Qu'est-ce que tu fais ici ?

— C'est vous qui avez demandé à Henry de s'en mêler ? De me dire de foutre la paix à Surya ?

— Et je le referais, puisque ça a fonctionné. »

Elle s'attend à une réponse hostile, mais Marcel baisse les yeux. « Je vous jure que je ne sais pas ce qui m'a pris, avec cette fille. J'ai honte de moi. Vous pourrez le lui dire, quand vous la verrez ?

— Je peux, mais je ne pense pas que ça changera les choses.

— Je n'étais pas comme ça avant. Et je suis désolé de vous avoir suivie. Je ne voulais pas vous faire peur.

— Disons que nous sommes quittes – pour cette nuit dans les champs, quand j'ai frappé à la fenêtre de ta voiture.

— Ça, c'était dix fois pire. Je ne vous ai jamais vue avant, et soudain vous apparaissez au bar, au camping où je vis... J'ai l'impression de vous avoir toujours dans les pattes. Henry dit que vous êtes ici en vacances.

— C'est ça.

— Peut-être, mais vous dégagez une aura bizarre. Et si je voulais vraiment être indiscret, je pourrais vous demander pourquoi vous avez plus de fond de teint sur le cou que sur le visage. »

Leila, d'instinct, baisse son menton.

Marcel sourit. « Ne vous inquiétez pas, vous n'êtes pas la première à débarquer sur ces rives avec un bagage compliqué. J'appelle ça les *hors-saison* : il n'y a que des cas sociaux ici, d'octobre à mai. Je ne les juge pas et je ne vous juge pas non plus. Je fais partie de la bande, après tout. » Il lève les mains. « Bon, je vous laisse tranquille. Si vous pouviez transmettre mon message à Surya, ça serait vraiment sympa. Dites-lui que je sais que je me suis mal comporté. Ah, dites-lui aussi que je vais aller chez le coiffeur, j'ai pris rendez-vous pour demain.

— Chez le coiffeur ?

— Oui, dites-le-lui s'il vous plaît. »

Il s'éloigne mais au bout de quelques pas, il se touche le dos et grogne. « Putain de Pilates, murmure-t-il entre ses dents.

— C'est à cause de ton dos que tu es devenu un *hors-saison* ? Surya m'a dit que tu étais un sportif, très doué pour le snowboard.

— Si j'avais été si doué que ça, je ne serais pas dans cet état. » Il lève les yeux vers le ciel sombre. « Il faut que je me grouille. Je dois mettre la bâche sur le toit de la caravane avant qu'il pleuve. Cette poubelle a plus de trous qu'une passoire. »

*

Aussitôt Marcel parti, Leila tente d'appeler Alex. Le téléphone sonne trois fois, puis elle tombe sur le répondeur. Elle compose alors le numéro de Giorgio.

« Leila ?

— T'es à la maison ? Est-ce qu'Alex est avec toi ?

— Je ne pense pas qu'il ait envie de te parler.

— Je l'ai bien compris. J'ai juste une question à vous poser. Alex et toi, vous me cachez quelque chose ? »

À vingt et un ans, Giorgio attachait ses longs cheveux avec un bandeau pour qu'ils ne tombent pas devant ses yeux lorsqu'il tirait au but. Leila venait d'en avoir dix-huit. Une de ses amies sortait avec le gardien de l'équipe de foot locale et Leila l'avait accompagnée à un match. Sur le terrain, Giorgio portait le maillot numéro dix. *Quel crâneur*, avait pensé Leila lorsque, après avoir marqué le cinquième but contre une équipe qui ne tenait plus debout, il avait exulté comme s'il venait de gagner la Coupe du monde. Mais quand Damien Wichs – qui jouait au poste d'attaquant – avait déclenché une semi-bagarre, Giorgio avait réussi à calmer le jeu. Et quand, après le coup de sifflet final et la douche, Giorgio s'était approché de Leila à la buvette de l'équipe, il s'était montré poli, presque timide. Il lui avait demandé si elle avait aimé le match et s'était excusé pour le comportement de son coéquipier. « Damien a le sang chaud, si on ne le retenait pas, chaque match finirait en baston. » Ils avaient bavardé un peu, puis Giorgio lui avait dit au revoir, ravi – *ravi* – d'avoir fait ta connaissance. Il lui avait fallu une demi-heure pour revenir, armé de courage, et noter le numéro de Leila sur un paquet de Marlboro. Sa mère avait tout de suite aimé Giorgio : dimanche à l'église, respectueux des convenances, une médaille de Jésus brillant entre les poils de son torse – le même Jésus qui veillait sur son lit à elle, et qu'elle priait chaque nuit de prendre soin de l'âme de son mari, mort trois ans plus tôt.

« Tu es sûre que tu vas bien ? demande Giorgio. Tu as une voix bizarre.

— Je suis juste fatiguée. Et je t'ai posé une question.

— Leila, nous en avons déjà parlé. Si tu ne me crois pas, je n'y peux rien. »

Deux mois après leur rencontre au match, Giorgio avait demandé à Leila si elle avait déjà couché avec d'autres garçons. Elle avait dit la vérité – deux garçons – et Giorgio n'avait pu cacher sa déception. Elle lui avait alors posé la même question : combien de filles ? « Deux, moi aussi. » Les amies de Leila lui avaient dépeint un scénario différent : pas cent, peut-être même pas dix, mais certainement plus de deux. Leila avait laissé couler. Après tout, ce chiffre n'avait pas d'importance pour elle. Giorgio avait garé la voiture dans un pré et ils s'étaient embrassés. Il lui avait déboutonné son chemisier, mais en était resté là. « Je ne veux pas aller trop vite, peut-être que tu es la bonne », avait-il murmuré. La demande en mariage était venue huit mois plus tard, un dimanche pluvieux, en présence de la mère de Leila.

« Je commence à m'inquiéter sérieusement, dit Giorgio. Et je parle aussi de ta santé. Ce n'est pas normal ce que tu es en train de faire. »

Leila soupire. « Si tu ne veux pas me répondre, je vais raccrocher.

— Tu prends toujours des somnifères ? Tu sais que je n'aime pas ça, ils t'abrutissent l'esprit. Je ne... »

Leila met fin à l'appel. Le silence revient, accompagné du bruit des vagues. Le grondement du tonnerre secoue le ciel. Autour d'elle, le sable se tache de points sombres.

Lors du mariage, la famille de Giorgio avait fait appel à un prêtre qui parlait italien, afin que les proches venus de Sicile puissent suivre la cérémonie et réciter les prières. Le physique sportif de Giorgio remplissait son costume – aussi importé d'Italie – et ses yeux brillaient d'émotion. L'église était bondée, les pleurs et les cris des enfants avaient rendu la vie difficile au vieux prêtre. Puis était venu le moment du baiser, sous une pluie de grains de riz.

Pendant la fête, Leila avait regardé son époux jouer avec ses petits cousins italiens : il avait peigné les poupées des filles et joué au foot avec les garçons, déchirant même son pantalon en arrêtant leurs tirs. Plus tard, alors que Leila profitait d'un instant de tranquillité, cachée dans une cuisine remplie de casseroles sales et des restes du repas, Giorgio était apparu derrière elle, l'avait prise dans ses bras et avait posé sa main sur son ventre.

*

Leila enlève ses vêtements mouillés par la pluie et se réchauffe devant le poêle. Elle relit le premier chapitre de

Pourri Brûlé, s'installe devant l'ordinateur et poursuit la traduction. S'occuper le cerveau a toujours été un bon moyen de s'évader du monde réel.

Le roman s'ouvre sur un banc de nuages au-dessus de la vallée, une vue plongeante, une descente vers le village qui s'achève sur le rebord de la fenêtre de la famille de Séverine, réunie pour le déjeuner. La discussion y est animée, on parle de politique – nous sommes en 1971 et les manifestations féministes post-68 se multiplient dans les villes. Ça parle fort, mais les voix sont unanimes ; les hommes de la famille sont capables de s'énerver même lorsqu'ils sont du même avis.

Séverine finit de manger en silence, la tête baissée. Les paroles de son père et de ses deux frères font vibrer son cœur de colère, mais elle se tait. Elle sait ce qu'elle risque si elle ose dire ce qu'elle pense. Elle débarrasse la table. « Si les femmes font de la politique sur la place publique, lance l'un des frères, qui va s'occuper de la maison ? Qui va élever les enfants ? » Les mains plongées dans l'évier, Séverine rêve. Elle pense aux coupures de journaux cachées dans la boîte sous son lit : des photos d'étudiants manifestant dans les rues, des histoires de communautés s'établissant dans les campagnes – des endroits où les femmes et les hommes sont égaux, où seuls comptent la musique, la convivialité, l'amour.

Dans la scène suivante du livre, Séverine est abordée par un garçon du village, qui lui fait des avances. Elle le repousse, il le prend mal, et fait courir le bruit qu'elle s'est offerte à lui. Les frères de Séverine, furieux, la confrontent dans sa chambre ; ils trouvent les coupures de journaux et les photos. Le lendemain, la rumeur a déjà fait le tour du village : le virus hippie est arrivé jusqu'à la vallée.

Les yeux de Leila commencent à se fatiguer. *Je n'ai plus d'essence*, pense-t-elle. Elle ferme l'ordinateur et se dirige vers la cuisine. Un quart d'heure plus tard, elle a mangé une salade avec deux œufs durs et bu un verre d'eau dont la dernière gorgée l'a aidé à avaler un somnifère.

Plongée dans l'obscurité et rassurée par l'inéluctabilité du sommeil, elle s'autorise un dernier survol des événements de la matinée, jusqu'à la requête de Morel : *Essayez de vous plonger dans les jours qui ont suivi l'accident.*

Elle passe au crible ses souvenirs, mais ne trouve rien d'utile. Le sujet, à la maison, a vite glissé dans les non-dits, dans les silences. Si son mari et son fils parlaient de cette nuit-là, ils évitaient de le faire en sa présence. Quant à Alex et Xavier, elle ne les a vus ensemble qu'une seule fois dans les jours qui ont suivi le drame.

Leila devait se rendre dans une start-up pour affiner la traduction de leur prospectus. Mais le directeur avait annulé à la dernière minute – il s'était blessé à la cheville lors de son squash de midi. Leila avait décidé de profiter de la belle journée pour rentrer à la maison et travailler de son jardin. Quand elle était montée à l'étage pour se changer, la porte au bout du couloir était ouverte : Alex et Xavier étaient assis devant l'ordinateur. Alex avait entendu ses pas et s'était empressé de la refermer.

Leila se concentre sur cette image, sur la mine sombre

d'Alex, Xavier de profil, le menton déjà rondelet à vingt-quatre ans, une étincelle d'inquiétude dans son regard. Sur l'écran de l'ordinateur, une fenêtre ouverte, dans la fenêtre une vidéo, dans la vidéo un visage : des cheveux blonds, un nez fin, un ongle peint en violet qui grattait sous l'œil. Dans le coin droit de l'écran, un cadre plus petit montrait Alex et Xavier, filmés par la caméra de l'ordinateur.

Leila bâille, le sommeil est sur le point de l'emporter. Ses défenses baissées, une nouvelle image trouve une brèche.

Le corps d'Éric Delacroix forme un angle droit, le bassin désolidarisé du torse, une jambe repliée sur elle-même. Le visage est couvert de sang. Les yeux sont ouverts, la bouche aussi, un cri de terreur sur les lèvres.

Madame Capuozzo. Regardez, j'ai réussi !

Le visage d'Éric est guéri de ses blessures. Il sourit, ses yeux verts brillent de fierté. Il montre les résultats d'un examen de français.

Nous avons réussi, madame Capuozzo. C'est grâce à vous.

Leila sent les larmes former deux flaques chaudes entre ses paupières. Sa main cherche le téléphone sur la table de nuit. Elle écrit un message à Joanna Morel *: A-t-on pu déterminer l'heure exacte de l'accident ?*

Elle a à peine le temps d'appuyer sur le bouton *envoyer* que le sommeil la submerge comme une vague.

11

«Tu es sûre de ne pas vouloir un café ?» demande Surya.

Leila secoue la tête. «Merci, pas ce matin.»

Elle s'est réveillée avec l'estomac barbouillé – le prix à payer pour une nouvelle nuit de sommeil artificiel. «Comment avance ta thèse ?

— Je suis un peu bloquée. Rien que l'idée de devoir y bosser cet après-midi me donne envie de vomir. En plus, le couple à qui je loue la chambre a passé la nuit à s'engueuler. Question suivante ?

— Ce n'est pas une question, mais avant que j'oublie : j'ai rencontré Marcel hier. Il ne mentait pas quand il t'a parlé de son passé de snowboardeur. Il a eu un accident et...

— Il s'est bousillé le dos. Ce sont les mêmes salades qu'il m'a racontées.

— Apparemment, c'est vrai. Il m'a demandé de te dire qu'il a des remords. Et puis... qu'il ira chez le coiffeur aujourd'hui.

— Comment ça, le coiffeur ?

— C'est ce qu'il a dit.»

Surya détourne son regard vers la baie vitrée, hausse les épaules. «Quoi qu'il soit arrivé à son dos, il a dû aussi se cogner la tête très fort.»

Leila ouvre le quotidien local, lit un article sur le succès des pompiers de la vallée à une compétition régionale. Il lui reste un peu de temps avant son rendez-vous avec Henry. Il l'a appelée ce matin pour lui proposer de se voir, mais n'a pas voulu entrer dans les détails : « Une surprise, a-t-il dit, pour que tu ne passes pas ton après-midi seule avec tes soucis. »

Au comptoir, Surya regarde son portable d'un air troublé ; elle fait un signe de tête à sa collègue et sort de la boulangerie.

Leila la rejoint. Elle la trouve adossée au mur, ses mains au fond des poches du tablier, au bord des larmes. « Il s'est passé quelque chose ?

— Mon père a oublié notre appel vidéo hier. Et maintenant, il a le culot d'écrire qu'il s'est trompé à cause du décalage horaire.

— Quel décalage horaire ?

— Il est retourné en Indonésie il y a deux ans, quand ma mère est morte.

— Je suis désolée, je ne savais pas...

— Parce que je ne te l'ai jamais dit.

— Il n'était pas heureux ici, ton père ?

— Il en avait l'air, mais va savoir. Ce n'est pas le genre de père qui parle beaucoup.

— Je vois. Le mien était pareil.

— Il était heureux avec maman, ça oui. Il n'a pas hésité à la suivre ici à ma naissance.

— Tu es née en Indonésie ?

— Mes parents se sont rencontrés là-bas. Ils ont décidé

de revenir ici pour m'élever, parce que j'étais un bébé fragile, et les hôpitaux du coin sont meilleurs que ceux de Lombok. Je crois que quand ma mère est morte, le mal du pays de mon père n'a plus trouvé d'obstacles. Le lendemain de l'enterrement, il regardait déjà le prix des billets d'avion. Il m'a proposé de partir avec lui, mais je ne voulais pas abandonner l'université, et je n'ai mis les pieds en Indonésie qu'une fois, à l'âge de huit ans. Maintenant, je ne le vois plus que sur mon ordinateur, tout pixélisé à cause de sa connexion pourrie. J'essaie d'économiser de l'argent pour aller lui rendre visite, mais... »

Quatre hommes portant le logo d'une entreprise de peinture sur leur t-shirt entrent dans la boulangerie. Surya pose une main sur l'avant-bras de Leila. « Merci, ça m'a fait du bien d'en parler. »

Leila indique le coin de son œil. La jeune femme se regarde dans la vitre de la boulangerie et essuie une larme teintée de fard à paupières.

*

Leila attend sur l'aire de pique-nique du port, les yeux rivés sur la route, mais le coup de klaxon se fait entendre depuis le lac. Un bateau à moteur glisse vers le ponton. Henry déroule les amarres, accoste et lui tend la main pour l'aider à embarquer.

« Tu vis dans un mobile home, mais tu as un hors-bord ? » demande Leila.

Il sourit, les yeux cachés par des lunettes de soleil. Il porte une casquette à l'envers et un pull à manches courtes avec capuche. « C'est celui du club nautique, je l'ai emprunté. »

Une combinaison de plongée pend derrière le siège du conducteur. Leila la contourne pour aller s'asseoir sur la banquette en U.

« Avant qu'on parte, dit Henry, donne-moi ton portable. Je ne voudrais pas qu'un coup de fil ou un texto te gâche l'après-midi. Ce sont les ordres du capitaine.

— Capitaine d'un navire qui n'est pas le sien.

— Mais capitaine quand même. » Il glisse le portable dans un tiroir et s'installe à la barre.

Leila se sent tout de suite plus légère. Depuis son arrivée dans la vallée, ce téléphone n'a pas cessé de sonner, des messages, des appels, Giorgio, la police, la proc, Damien... Elle savait que ce serait en partie inévitable. Elle devait se tenir à disposition des autorités et ne pouvait pas couper complètement les ponts avec sa famille.

Elle regarde la rive s'aplanir entre le lac et la colline, savoure la fraîcheur du vent, la chaleur du soleil sur son visage. « Merci pour la surprise, dit-elle en élevant la voix au-dessus du vacarme du moteur.

— La vraie surprise, c'est maintenant. »

Henry arrête le bateau et lui lance la combinaison de plongée. « C'est une 5/4, mieux qu'une doudoune en janvier. Mais le but est de rester dans l'eau le moins possible. Tout dépend... » Il ouvre un compartiment, en sort un gilet de sauvetage et une planche de surf ovale. « ... de ton équilibre. »

Leila se penche et observe le soleil se reflétant sur la surface. « Quelle est la profondeur, ici ?

— Le point le plus profond est à trente-deux mètres. Par rapport à la plupart des lacs, celui-ci n'est qu'une flaque d'eau.

— Question équilibre, je m'en sors pas mal, mais...

— T'inquiète, une fois qu'on a compris la technique, c'est comme faire du vélo.

— Le problème, c'est que j'ai peur de l'eau profonde. J'ai besoin de sentir le fond sous mes pieds, ou au moins de le voir.

— Oh. Sérieux ?

— Désolée de gâcher ta surprise.

— Pas de souci. Nous jetterons l'ancre là où on a pied, je connais un endroit où l'eau est cristalline. »

Leila le regarde ranger le surf. Le soleil scintille sur le lac, brouillant les contours de la rive. Elle pense à Surya enfermée dans sa chambre, face à sa thèse qui n'avance pas, des bouchons dans les oreilles pour ne pas entendre les disputes des propriétaires. « Serais-tu d'accord pour étendre l'invitation à une autre personne ?

— Bien sûr, c'est pas la place qui manque.

— Alors il faudra que le capitaine m'accorde l'usage du téléphone.

— Le capitaine est un homme raisonnable. Et il n'est pas contre une entorse aux règles de temps en temps. Mais tu as le droit à un seul coup de fil, comme en garde à vue.

— Tu es capitaine ou flic ?

— Dieu m'en préserve. Capitaine à vie.

— Alors à la barre, capitaine. Cap sur le village. »

*

Surya se met debout sur le surf à la première tentative. Elle vacille en cherchant l'équilibre, est sur le point de tomber, puis Henry crie « Plie les genoux ! », Surya s'accroupit et la planche se glisse dans la vague générée par le bateau.

« Regarde droit devant toi, conseille Henry, et reste souple. » Il sourit à Leila. « Elle est douée, ta pote. Moi, il m'a fallu une éternité pour sortir mon cul de la flotte la première fois. »

Leila porte son regard vers les eaux sombres. « Je sais que ma peur peut paraître irrationnelle. Et je suis consciente qu'un gilet maintiendrait mon corps à flot. Le problème, c'est que dans ma tête, je coulerais de toute façon.

— Beaucoup de peurs sont irrationnelles. La tienne est très commune, tu n'as pas à te justifier. »

Leila respire profondément. Pendant vingt-huit ans, elle s'est promis de garder son été dans la vallée séparé du reste de sa vie. Mais maintenant qu'elle est de retour, que ses souvenirs sont si proches qu'elle a l'impression de pouvoir les toucher, elle se dit que la promesse n'a plus de raison d'être. « Je me suis presque noyée quand j'étais jeune. »

Henry arrête de boire sa bière.

« Je dis *presque* parce que je suis là pour le raconter. Pour moi, c'est comme si je m'étais noyée. La panique était passée et il n'y avait plus que du calme, un sentiment de paix. Mais je ne l'ai jamais oubliée, cette panique, tout comme le moment où ma bouche s'est ouverte et l'eau a plongé vers mes poumons. »

Henry se contente de hocher la tête. Son regard se perd à l'horizon. « Je sais, j'en fais encore des cauchemars parfois. Et le goût de l'océan n'a plus été le même, depuis ce jour.

— Ça t'est arrivé aussi ?

— Je faisais du surf, et j'ai surestimé mes capacités.

— Moi, je n'avais pas mangé et j'étais à moitié assommée par le soleil. Tout d'un coup, mon corps a cessé de fonctionner. Mon cerveau donnait les ordres, mais mes bras et mes jambes ne répondaient plus.

— C'est quand même moins con qu'un débutant qui joue dans les vagues des grands après seulement deux mois. J'ai eu de la chance, un autre surfeur a vu ma planche à la dérive, et ma cheville était toujours attachée à mon *leash*. Il m'a retrouvé tout de suite.

— Au moins toi, tu n'es pas hanté par la peur.

— Je dirais plutôt que je n'ai jamais su apprendre de mes erreurs. D'un côté c'est bien, car je ne vis pas avec la peur au ventre, mais d'un autre... la chance n'est pas toujours là pour te tendre la main. »

Leila pense à la main qui l'avait sauvée, elle, alors qu'elle était allongée sur le fond et que tout devenait noir. La même main qui avait tenu la sienne lors de la visite aux grottes de Malvillard, quand l'angoisse l'avait assaillie sans préavis. Celle qui lui avait tendu le joint un soir au bord du lac. Qui lui avait chatouillé le ventre, la réveillant d'une sieste au soleil de fin d'après-midi, et lui avait indiqué l'autre côté de la plage : déserte, à l'exception de deux garçons qui jouaient aux cartes, à côté d'un carton de bières et d'une radio diffusant de la musique rock.

Surya pousse un petit cri, perd l'équilibre et tombe à l'eau. Henry manœuvre pour aller la récupérer.

« Ça t'est arrivé où ? demande Leila.

— Une plage près de Cagayan de Oro. »

Le nom lui fait penser à l'Amérique latine, mais elle se souvient de l'emblème accroché au rétroviseur du pick-up – le bleu et le rouge, les trois soleils – et ça lui rappelle le chapitre d'un livre d'histoire qu'elle avait lu quand elle était petite : Magellan, la colonisation, la route des épices. « Aux Philippines ? »

Henry écarquille les yeux. « Tu connais Cagayan de Oro ?

— Non, mais je sais que c'était une colonie espagnole. Et tu as le drapeau dans ta voiture. Ce n'était pas si difficile à deviner.

— Je commence à craindre que ce soit toi, le flic. Que sais-tu d'autre sur moi ?

— Je n'ai pas encore fini mon enquête. »

Henry lance la corde à Surya, qui sourit, agrippée au surf. « Un dernier tour ? »

Elle lève le pouce. Henry accélère, la fille saute sur la planche.

« Et toi, c'était où ? demande Henry.

— Moi, j'ai bu de l'eau douce. La même eau qui se trouve

en dessous de nous en ce moment, même si Surya te dirait qu'elle n'est pas identique, parce que la qualité s'est détériorée au fil des ans.

— Vraiment ? Ce lac ? »

Leila acquiesce. « Moi aussi, j'ai eu de la chance. Depuis la plage, une fille a vu que je ne remontais pas à la surface et elle s'est jetée à l'eau. Sans elle, je ne serais pas ici aujourd'hui.

— C'est un sentiment étrange de devoir sa vie à quelqu'un.

— Tu es toujours en contact avec le surfeur qui t'a secouru ?

— Non. Dès que je suis revenu à moi, sur la plage, il m'a donné une tape dans le dos, comme si de rien n'était, et il est reparti vers les vagues. Et toi, avec cette fille ?

— Nous sommes devenues très proches. Du moins, c'est ce que je croyais. Une fois l'été terminé, je ne l'ai plus jamais revue.

— C'était une fille d'ici ?

— Plus ou moins. Elle vivait à Malvillard.

— Comment s'appelait-elle ?

— Valérie Rey. Mince, cheveux bruns. Coupés court. »

Henry hausse les épaules. « Ça ne me dit rien. Mais ça ne m'étonne pas, je n'étais déjà plus dans la région à cette époque. »

12

Après avoir déposé Surya, Henry arrime le bateau à un petit ponton près de la maison de Leila. « Je t'ai emmenée sur le lac pour te tenir à l'écart de tes tourments, dit-il en fixant la ligne d'amarrage, et j'ai foiré royalement. Si j'avais su pour ton accident...

— Je suis ici pour ça, dans un sens. Je savais que revenir dans cette vallée signifierait revivre certains moments. Mais ils ne sont pas tous mauvais, bien au contraire.

— C'est pareil pour moi.

— Tu vis ici, pourtant.

— J'ai été loin pendant longtemps.

— Cagayan de Oro ? »

Henry ajuste sa casquette, révélant des cheveux ondulés, dont le brun est parsemé de mèches plus claires. « Pas que. Mais oui, j'ai passé quelques années aux Philippines.

— Et le reste du temps ?

— Par-ci par-là. » Il regarde sa montre. « Je dois ramener le bateau. Sinon, ils ne me le prêteront plus. Et si on veut refaire un tour, le mieux que je pourrai trouver, c'est un vieux canoë.

— Ça pourrait être une idée.

— Je te prends au mot. Attends, n'oublie pas ça. » Il lui tend le portable. Leurs mains se joignent comme pour se serrer, et Henry sourit. « Ce fut un plaisir de vous avoir à bord de mon navire.

— Le plaisir est pour moi, capitaine. »

Leila regarde le bateau s'éloigner. Elle allume son téléphone et y découvre un message de la procureure, qui a répondu à sa question de la veille. *L'accident s'est produit à 1 h 05. Tous les éléments le confirment.*

Leila dormait à ce moment-là. Elle s'est réveillée à 1 h 59 en entendant le chien aboyer – cela signifie qu'Alex est rentré cinquante-quatre minutes après l'accident. Le trajet en voiture prend dix minutes au maximum, mais il a déclaré s'être arrêté discuter avec Xavier devant chez lui. Rien d'étrange donc, rien de nouveau. Pourtant, connaître l'heure exacte lui avait semblé important. Peut-être parce que les chiffres lumineux du radio-réveil étaient le seul élément concret auquel elle pouvait se raccrocher ?

Elle marche en direction de la maison, la tête envahie par les pensées. Elle ne prête pas attention à la voiture stationnée de l'autre côté de la route. Ce n'est qu'une fois arrivée près du seuil que son cerveau fait le lien. Une Dacia Duster bleue, avec un toit noir. Celle qu'elle voit sur le parking de la salle de kickboxing lorsqu'elle rentre tard du travail. Celle qui est garée devant chez eux quand Damien Wichs et sa femme Faustine viennent dîner. Et celle qui, quelques années plus tôt, l'a emmenée plusieurs fois de son bureau à un restaurant pendant sa pause de midi, table pour deux, sans Giorgio ni Faustine.

La portière s'ouvre et Damien s'avance vers elle.

« Qu'est-ce que tu fais là ? demande Leila. Comment m'as-tu trouvée ? »

Il lève les mains. Ses pectoraux musclés tendent le tissu de sa chemise. « S'il te plaît, donne-moi juste cinq minutes. Je vais tout t'expliquer. Ensuite je m'en vais si tu veux.

— Et tu ne diras pas à Giorgio que je suis ici ?

— Pas un mot, je te le promets. »

*

« Giorgio s'est mis dans tous ses états quand tu t'es barrée », dit Damien. Il sort un paquet de Camel Light et le pose sur la table. « Il voulait même contacter un détective privé, mais je lui ai dit de pas déconner. Puis il s'est souvenu de l'ordinateur de votre bureau à la maison, que vous utilisez tous les deux : le mot de passe de ton compte e-mail y était enregistré. »

Ses cheveux blonds, qu'il portait toujours très court pour ne pas mettre en évidence ses tempes dégarnies, ont poussé. Sa barbe aussi est plus longue, et commence à friser.

« Il n'y a rien dans ces e-mails qui indique que je suis ici, dit Leila.

— Je sais. Et Giorgio est tout sauf un génie de l'informatique.

— Et alors ?

— J'ai noté le mot de passe et j'ai dit à Giorgio que j'essaierais de retrouver les e-mails effacés.

— Il n'y a rien non plus là-dedans.

— C'était un prétexte. Lorsque tu es connectée à la messagerie, Google enregistre tout ce que tu fais. J'ai vu que tu as cherché un bar, effectué une recherche d'itinéraire depuis cette adresse. J'ai tout effacé. Je l'ai fait pour toi, tu comprends ? Peut-être que Giorgio aurait fini par y penser aussi.

— Si j'avais voulu te voir, je te l'aurais dit. Tu n'avais pas le droit de...

— Il fallait absolument que je te parle. Peut-être que ma femme et Giorgio ne te comprennent pas, mais moi si. Le simple fait de prendre la voiture et de venir ici, de respirer un autre air, m'a fait du bien. La nuit, je ne dors plus. Et je n'arrive pas à pardonner à Xavier ce qu'il a fait. »

Leila secoue la tête. « Y a-t-il quelque chose que j'ignore, Damien ? Quelque chose que Giorgio et Alex ne veulent pas me dire ? »

Il hausse les épaules. « Tout ce que je sais, ce que Faustine et moi savons, c'est ce que Xavier nous a dit.

— La même version que celle qu'il a racontée à la police ?

— La même. Enfin...

— Enfin quoi ?

— Tu ne diras pas à Giorgio que je t'en ai parlé, hein ?

— Bien sûr que non. »

Damien sort une cigarette du paquet et la fait tourner entre ses doigts. « Ils ont menti sur l'alcool : ce qu'ils disent avoir bu *après*, ils l'ont bu *avant*. C'est Giorgio qui a eu l'idée. Alex est rentré en larmes, l'a réveillé en lui disant qu'il avait perdu le contrôle de sa voiture... »

Leila sent son abdomen se contracter. « En larmes ?

— Oui, enfin…

— Ils savaient donc qu'ils avaient renversé quelqu'un ?

— Non, ça non. Ils disent que tout s'est passé très vite. Quand on a bu, on ne se rend pas compte des choses. Et puis il y a le choc, l'adrénaline…

— Tu as dit que c'était l'idée de Giorgio, pour les bières ? »

Il soupire, glisse la Camel entre ses lèvres et sort le briquet. « Giorgio et Alex ont téléphoné à Xavier pour lui dire de vider des bières dans l'évier et de les laisser traîner. Comme ça, si la police venait faire un contrôle…

— Même chose pour la marijuana, le joint dans le cendrier ?

— Même chose. »

Leila se tait. Elle regarde la fumée de la cigarette monter au plafond.

Damien pose une main sur la sienne. « Maintenant, il faut que je te dise quelque chose. Si tu avais besoin de t'éloigner, tu as bien fait. Mais Xavier est aussi impliqué, et la procureure ne lâchera pas le morceau. Mon fils a vingt-quatre ans, un bon travail et une belle carrière devant lui. Ces petits mensonges sur l'alcool qu'ils ont racontés à la police ne m'ont pas plu non plus. Mais ce qui est fait est fait, et si cela permet d'obtenir une peine moins sévère, tant mieux. »

Il se lève et éteint sa cigarette dans l'évier. « Au fond de moi, je ne peux pas croire que tu veuilles nuire à nos fils. Mais si c'est le cas, dis-le-moi d'abord. Pas à Giorgio – tu peux bien imaginer comment il réagirait. Je convaincrai les garçons d'appeler la proc et d'avouer la vérité sur les bières et la marijuana. Il faut que ça ait l'air spontané, tu comprends ? »

Leila regarde Damien dans les yeux. Elle y voit des dizaines de messages, des heures de conversation. Il avait été d'abord une épaule sur laquelle pleurer après l'infidélité de Giorgio, puis un ami, une source de petites attentions qui lui avaient fait tant de bien au moral. Un soir, ces attentions avaient failli se transformer en quelque chose de plus, en une erreur qu'elle a parfois regretté de ne pas avoir commise. Maintenant, elle en est heureuse. Heureuse qu'il n'y ait pas de souvenirs d'intimité mêlés à leurs regards.

« Tu m'as dit toute la vérité, Damien ? Il n'y a plus de mensonges, plus de secrets ?

— Tu ne me fais pas confiance ? »

Leila voudrait répondre par l'affirmative. Mais l'erreur d'accorder une confiance inconditionnelle, elle l'a déjà commise avec Giorgio. À partir de là, ça n'a plus été un choix binaire, oui ou non : elle a compris que la confiance doit être donnée par étapes, doit être calibrée. Et même si Damien semble animé d'intentions sincères, un sentiment au creux de l'estomac lui suggère d'être prudente. De ne rien lui révéler, par exemple, à propos des contacts qu'elle a eus avec Joanna Morel.

« Je t'ai dit tout ce que je savais, Leila. Je peux te le jurer. Mais...

— Mais quoi ?

— Il ne faut pas oublier la procureure. C'est l'une de ces personnes frustrées qui se vengent du monde par leur travail, et elle a mis nos fils dans son viseur. S'il y a de mauvaises surprises, c'est d'elle qu'elles viendront. »

*

Leila marche jusqu'au bord du lac et s'assoit sur un tronc. La tension provoquée par la visite de Damien fait encore vibrer l'air. Elle pense aux chiffres du radio-réveil, aux cinquante-quatre minutes qui se sont écoulées entre l'accident et le retour d'Alex à la maison. Elle remet les pièces dans l'ordre. Dans la version racontée à la police, les garçons se sont arrêtés devant chez Xavier après l'accident. Ils ont fumé, discuté, retrouvé leur calme. Compte tenu du trajet entre le lieu de l'impact et la maison de Xavier, et entre cette dernière et la maison d'Alex, la discussion a dû durer environ une demi-heure.

Mais selon Damien, Alex était tout sauf calme : il est rentré en larmes, et a avoué ses craintes à son père. Dans ce contexte, une halte d'une demi-heure chez Xavier reste plausible, mais plus Leila y réfléchit, plus elle a l'impression d'entendre une fausse note.

Damien a raison, Leila ne veut pas nuire à son fils. Aucune mère ne le voudrait. Même si leur relation s'est dégradée au fil des ans. Même si parfois, lorsqu'elle le regarde, elle a l'impression de voir un inconnu, un garçon arrogant qui ne pense qu'à lui. Combien de fois Leila s'est dit que si Alex était le fils d'une autre femme, il ne lui plairait pas du tout ?

Mais il n'est pas le fils d'une autre femme. Il est son fils, mis au monde entre mille douleurs, mille souffrances, et élevé dans la douceur. Puis il a grandi, fait ses choix, développé sa personnalité. La séparation commencée le jour de sa naissance s'est achevée, produisant deux individus aux caractères souvent incompatibles.

La dernière année, qui aurait pu être une opportunité de rapprochement, s'est transformée en une froide cohabitation. Les comportements désagréables d'Alex s'accumulaient, tout comme les indices révélant son âme insensible. Un soir, Leila l'avait surpris en train de plaisanter avec Xavier sur son voyage en Thaïlande : il lui racontait à quel point les prostituées étaient bon marché, combien les « *ching chongs* » étaient prêtes à tout en échange « d'une nuit d'hôtel et un petit-déjeuner ».

Leila se lève du tronc et fixe son reflet sur le lac.

Cinquante-quatre minutes, dont vingt de trajet et une demi-heure de discussion devant la maison de Xavier.

Oublie tout ça, Leila. Laisse les choses suivre leur cours.

Peu à peu, à côté du reflet de son visage, celui d'Éric Delacroix apparaît. Il a un œil tuméfié, la chair à vif, la bouche grande ouverte. Son cri a dû être de courte durée lorsque la voiture l'a fauché. Mais dans la tête de Leila, il ne cesse de résonner.

13

Entre nous, nous nous surnommions « les sorcières ». Au final, les motifs de notre enfermement n'étaient pas très différents de ceux qui avaient conduit nos ancêtres au bûcher.

La vapeur s'échappant de la tasse de thé brouille les mots sur l'écran. Leila sent la nausée lui mordre l'estomac pendant qu'elle traduit le passage, et ce n'est pas seulement l'effet des somnifères. Ce matin, elle a décidé de se concentrer sur l'épilogue de *Pourri Brûlé*.

Au moment où la protagoniste découvre qu'elle est enceinte, elle est enfermée dans un centre de rééducation pour femmes. Avec elle, des prostituées et des jeunes ayant des problèmes de drogue, mais aussi des filles jugées « faibles de caractère », « incapables de subvenir à leurs besoins » ou « aux mœurs trop légères ». Certaines ont des enfants, qui ont été confiés à des proches ou des familles d'accueil.

Pendant plusieurs mois, le bébé de Séverine s'est blotti dans un coin de son ventre, comme s'il ne voulait pas déranger, comme s'il sentait que sa présence n'était pas la bienvenue. Mais un jour, son corps a commencé à pousser contre les parois de sa cachette. Le médecin qui examine Séverine découvre une grossesse cryptique de cinq mois. À partir de ce moment, son ventre grossit rapidement, jusqu'à ce qu'une nuit, elle se réveille dans d'atroces souffrances. Le fœtus prend « trop de place », et chaque mouvement « lui fouette les entrailles ». Cet enfant, si timide pendant les premières phases de la grossesse, est maintenant pressé de venir au monde.

Leila ressent l'effet des mots de Séverine dans son propre corps. Elle aussi est passée par là, Alex l'a clouée au lit pendant un mois avant l'accouchement. Elle pensait être prête. « Ce n'est pas si terrible, c'est un peu comme quand tu as très mal à cause de tes règles », lui avait dit une amie. « J'ai plus souffert quand je me suis déchiré les ligaments croisés », avait expliqué une autre. Sa mère n'arrivait pas à quantifier la douleur de l'accouchement, car toutes les souffrances de sa vie avaient été surclassées par les effets de sa chimiothérapie. Ce n'est pas pour rien que des années plus tard, lorsque le cancer était réapparu, elle avait décidé de renoncer au traitement.

Une autre amie lui avait suggéré d'accoucher par césarienne, mais sa mère et Giorgio y étaient opposés : sauf cas de force majeure, les bébés devaient venir au monde comme la nature l'a prévu. Leila avait fait des tests pour savoir si elle tolérerait la péridurale, et le médecin avait détecté une possible allergie. « Je n'en ai pas eu non plus et j'ai accouché avec de l'azote », lui avait dit sa coiffeuse, qui était passée lui apporter des chocolats pendant qu'elle était confinée au lit. « Tu verras, ça aide. »

Toutes ces voix s'étaient éteintes lorsque la douleur l'avait submergée. Elle avait explosé dans le bas de son dos, deux piques brûlantes s'enfonçant au-dessus de son bassin. Puis les contractions, les vomissements, les étourdissements. Lorsque le gaz hilarant avait apporté ses premiers bénéfices, Leila avait tenté de se convaincre que le pire était passé. C'est à ce moment-là qu'elle avait senti une main fantôme fouiller à l'intérieur de son corps, les griffes s'enfonçant dans ses entrailles, comme si elle voulait les arracher. Giorgio lui tenait la main et priait, les yeux fermés et le poing serré autour de son pendentif en forme de croix. « Je vais mourir », avait murmuré Leila à la sage-femme. Puis elle avait perdu connaissance. Elle avait embrassé son bébé pour la première fois deux jours plus tard, lorsqu'il était sorti de la couveuse.

Dans *Pourri Brûlé*, Séverine peut serrer le nouveau-né dans ses bras, mais il est tout de suite pris en charge par les services sociaux. Dans la dernière scène, la jeune femme sort de l'hôpital et retourne à l'institut de rééducation, seule.

Le roman se conclut sur un paragraphe énigmatique : « *Tu as fait ma connaissance dans les pages de ce livre. Tu as lu mon histoire. Je suis encore restée quatre ans entre les mains de l'État après mon accouchement, et lorsque j'ai enfin retrouvé ma liberté, je n'étais plus la même personne. Je suis désolée, je suis vraiment désolée.* »

C'est la première fois que l'autrice utilise le « tu ». Elle passe à un style simple et direct, l'effet littéraire s'estompe et les mots transportent le lecteur hors de l'histoire, dans le monde réel. Mais il y a aussi ce « *je suis désolée* ». À qui est-il destiné ?

Leila boit une gorgée de thé, désormais froid. Le poêle a

cessé de crépiter. Elle lève les yeux vers la véranda et aperçoit Surya poussant son vélo vers l'entrée.

*

« Je ne travaille pas aujourd'hui, dit Surya. Alors je t'ai apporté ton petit-déjeuner à domicile. » Elle ouvre son sac à dos et sort une boîte de pâtisseries. « Pour te remercier d'avoir pensé à moi hier.

— Dans ce cas, tu aurais dû l'apporter à Henry. La sortie était son idée. »

Surya prend une tartelette, détache une fraise de la crème et la met dans sa bouche. « En parlant d'Henry. Raconte-moi.

— Je t'ai déjà tout dit l'autre jour. Les pellets pour le poêle, les petites réparations...

— Et tout d'un coup, il t'invite à faire un tour en bateau.

— C'est ça.

— Eh ben dis donc. Il a l'air d'un mec sympa. Et un peu mystérieux.

— Mystérieux ? »

Surya rit. « Je dis ça à cause de ses tatouages. Mon père les a toujours détestés. Du coup, quand je vois un type tatoué – un adulte, pas un jeune sous l'influence de la mode – j'imagine toutes sortes d'histoires.

— D'une certaine manière, tu as raison. Tout le monde possède une part de mystère.

— Toi aussi, donc.

— Je n'ai pas eu une vie très aventureuse. Mais avec les années, les expériences s'accumulent.

— Mon problème, c'est que je les oublie vite. Il m'est déjà arrivé qu'une pote me dise : "Tu te souviens de cette soirée-là ?" Et moi, rien, le blanc absolu.

— Moi, c'est le contraire.

— Tu te souviens de tout ?

— C'est en tout cas mon impression. Mais peut-être que mon cerveau me joue des tours.

— Perso, ça ne me dérange pas d'oublier. C'est plus facile de penser au présent. En plus dans mon écosystème, les souvenirs importants survivent, ce sont les petits qui meurent. Une sorte de sélection naturelle.

— Je dois avoir un grand écosystème, avec un climat hospitalier. »

La cafetière siffle et Leila se lève. Lorsqu'elle revient, Surya est en train de feuilleter *Pourri Brûlé*. Elle fait un signe vers l'écran de l'ordinateur, avec le fichier en allemand.

« Tu le traduis pour le boulot ?

— Pour passer le temps. Une sorte de défi envers moi-même. J'ai beaucoup aimé ce livre, c'est une histoire qui se passe dans cette vallée.

— Une histoire vraie ?

— Ça ne m'étonnerait pas. Chaque phrase sent le vécu.

— Si c'est un bon livre et que tu le traduis, pourquoi ne pas essayer de le faire publier ?

— Je n'ai jamais traduit de la fiction. Et il faudrait que je cherche un éditeur. Mais surtout, mon congé n'est pas éternel : dans quelques jours, il faudra que je retourne travailler. »

Surya lèche la crème de la tartelette. « Je me demande quel job je ferai après ma thèse. Peut-être que je ne trouverai pas de débouchés dans mon domaine, et que je poursuivrai ma fulgurante carrière à la boulangerie. Je resterai ici et j'épouserai l'un de ces magnifiques spécimens. » Elle montre, sur son téléphone, des photos de jeunes qui paradent sur une application de rencontre. « Un ou deux mioches, et me voilà casée pour la vie. Un sacré plan B, non ?

— Pas mal. Mais à ta place, je n'abandonnerais pas le plan A trop vite.

— Et toi, ton plan de vie, tu l'as choisi comment ?

— Je ne l'ai pas vraiment choisi, c'cst arrivé comme ça. Je me suis mariée à dix-neuf ans et mon mari a tout de suite voulu des enfants. Je me suis lancée dans la traduction en autodidacte, en travaillant à la maison. Ensuite, quand Alex a grandi, j'ai suivi une formation.

— Tu as dit que ton mari voulait *des* enfants ?

— Oui.

— Mais vous vous êtes arrêtés à un seul. »

Leila regarde par la fenêtre. « La grossesse a été une expérience différente pour Giorgio et pour moi. Pour lui, le fait que je puisse créer une vie était quelque chose de sacré, le plus grand des miracles. Il me traitait comme une déesse, ses yeux brillaient d'une manière que je n'ai jamais revue par la suite. Quant à moi, je ne me souviens que d'un long calvaire. Et je t'épargne les détails de mon accouchement... »

Surya grimace et serre les genoux. « Merci. De toute façon, je ne suis pas sûre de vouloir des gosses. Il faut d'abord que j'arrive à faire la paix avec le monde et toutes les questions existentielles. Si j'y parviens, peut-être que je me déciderai à offrir la même aventure à un autre être. »

Leila sourit. « Le seul conseil que je peux te donner, c'est de ne pas te précipiter.

— Tu regrettes d'avoir eu ton fils si jeune ?

— Regretter n'est pas le mot. Les premières années avec Alex ont été merveilleuses. J'étais heureuse. Giorgio et moi étions heureux, on s'aimait beaucoup. »

Ce n'est pourtant qu'une vérité partielle. Giorgio rêvait d'une famille nombreuse, et quand Leila lui avait expliqué qu'elle n'avait pas l'intention de faire face à une nouvelle grossesse, quelque chose s'était brisé. Il avait insisté, convaincu que le temps la ferait changer d'avis. Mais bientôt, la compréhension avait cédé la place au ressentiment, aux reproches.

« Il a quel âge Alex, maintenant ?

— Comme toi, vingt-trois ans.

— Tu me montres une photo ? Je suis curieuse. »

Leila cherche dans son ordinateur. « Voilà. Elle doit dater d'il y a deux ou trois ans. »

Un soir, lors d'une énième dispute, Giorgio s'était emporté : « Tu crois que t'es la seule femme qui a souffert pour mettre un enfant au monde, dans l'histoire de l'humanité ? Heureusement, Dieu en a fait de plus fortes que toi. Il y en a plein, là-dehors, des femmes plus fortes. »

Des mots dont il s'était excusé, de toutes les manières possibles, mais qui, pour Leila, n'avaient jamais cessé de brûler.

« Il a l'air d'un ado, dit Surya.

— Il a un peu changé depuis. Mais son visage est toujours le même.

— Il ne te ressemble pas. Il tient sûrement de ton mari.

— Tout le monde le dit.

— T'as une photo de lui ? »

Leila hésite, puis ferme l'ordinateur. « Pas sous la main. Je te le montrerai une autre fois.

— C'était juste pour imaginer comment ton fils va vieillir. Les hommes mûrs sont toujours plus beaux que les garçons. Au fait, quel âge a Henry ?

— Quarante-six ans, il me semble.

— Bien au-delà de ma limite, de toute façon, dit Surya. Je me suis fixé un maximum de plus douze. Aujourd'hui, ça fait jusqu'à trente-cinq. Allez, trente-six, s'il en vaut vraiment la peine.

— Moi, je n'ai été qu'avec des garçons qui avaient à peu près mon âge. Giorgio n'a que trois ans de plus. Les deux autres...

— Trois garçons au total ?

— Oui, c'est ça. Quoi ? Tu as l'air surprise.

— C'est juste que... enfin, je suppose que c'était une chose normale à ton époque. »

Leila rit. « Peut-être que nous n'avions pas de téléphones portables et d'applis de rencontre, mais c'était les années quatre-vingt-dix, pas le Londres victorien. Je me suis mariée très jeune, c'est tout.

— Tu serais considérée comme une nonne aujourd'hui.

— Ça, je veux bien le croire.

— En parlant de nonnes, ça fait un bon moment que je mène une vie de recluse. » Elle rouvre l'application de rencontre. « Tu peux m'aider à dénicher la perle rare ? »

14

Leila consacre le reste de la matinée à ses essais de traduction de *Pourri Brûlé*. Elle commence à trouver un bon rythme, à se sentir à l'aise avec le style de Séverine.

Vers midi, elle décide de rendre visite à Jacques, pour le remercier de lui avoir prêté ce roman et lui poser quelques questions.

Elle frappe à la porte. Après quelques instants de silence, elle essaie à nouveau.

« Oui ? demande une voix rauque.

— Monsieur Norbert ? C'est Leila.

— C'est pour quelque chose d'urgent ?

— Non, je voulais juste...

— Ce n'est pas le bon moment. Je suis navré.

— Bien sûr, ne vous inquiétez pas. Je peux repasser plus tard.

— Je préfère pas. Je viendrai vous voir dans les prochains jours, quand j'irai mieux.

— Je peux faire quelque chose pour vous ? Si vous êtes malade et que vous avez besoin de médicaments...

— Il n'y a rien à faire, ça passera tout seul. Au revoir, Leila. »

De retour chez elle, Leila mange un sandwich en relisant ses ébauches de traduction. Elle aimerait continuer à y travailler, mais l'idée de passer l'après-midi enfermée chez elle ne l'enchante pas. Elle place la photo d'elle et Valérie en guise de marque-page dans le livre, puis le glisse dans un sac à dos avec un pull et une bouteille d'eau.

Elle pédale jusqu'au village, tourne à gauche et suit la route principale. Elle avance à contrevent, les oreilles qui bourdonnent. Le lac disparaît derrière la colline et la ligne d'arbres. Elle lâche les freins et se laisse porter par la pente jusqu'au restaurant Les Trois Abeilles, où elle a travaillé adolescente. Le nom est resté le même, mais le changement de gérants a éloigné le souvenir de Christophe et Josiane. Tous les deux sont morts désormais.

Un panneau indique que le restaurant rouvrira en juin. En observant la terrasse, Leila se souvient de deux jeunes filles assises à une table, elles boivent du Coca, mangent du pain avec du chocolat. Ce jour-là, Leila vient de terminer son service et Valérie l'a rejointe depuis Malvillard. Elles ne parlaient jamais de l'accident du lac, Valérie l'avait interdit, mais Leila ressentait le poids de la reconnaissance au fond de son estomac. Elles finissent leur Coca et Christophe, un homme costaud avec une grosse moustache et un béret écossais sur la tête, vient récupérer les verres. Il échange quelques mots avec les filles, qui se lèvent et enfourchent leur vélo.

Leila se laisse emporter par les souvenirs : elle suit les filles le long de la route qui arpente la colline, les regarde abandonner leur vélo à l'entrée du bois et dévaler le chemin menant à la plage. Elle les retrouve là, allongées sur des serviettes. Le soleil se couche et l'ombre de Valérie s'étend sur le sable. Depuis le bois, des rires : deux garçons, torse nu et sacs à dos sur les épaules. Le blond monte une tente, le brun construit un petit barrage de pierres dans l'eau et y dépose des bières. Il porte un collier en bois, a des taches de rousseur sous ses yeux bleus et sur son torse. La cicatrice laissée par une appendicite dépasse de son pantalon. Valérie pose sa main sur le ventre de Leila, tiède de soleil. « Regarde, dit-elle en désignant l'autre côté de la plage. T'en penses quoi ? » Leila sourit, hausse les épaules. Valérie sort son appareil photo et lui fait un clin d'œil. « J'ai une idée. Viens, on va leur demander de nous prendre en photo. »

Le portable de Leila sonne et la scène, aussitôt, se dissout. Le coucher de soleil de ses souvenirs laisse place à un ciel gris. Le sable est froid sous ses paumes. Leila essuie une larme et regarde le numéro sur l'écran : la procureure.

« Désolée de vous déranger, madame Capuozzo. Mais j'ai du nouveau.

— Vous ne me dérangez pas. Je vous écoute.

— Je suppose que vous avez eu le temps de réfléchir à ce que nous nous sommes dit.

— J'y ai réfléchi.

— Et ?

— J'attends toujours que vous m'expliquiez clairement quels sont vos soupçons. »

Un bruissement de papiers. « J'ai reçu les résultats des expertises. Elles situent la vitesse du véhicule de votre fils entre 80 et 90 kilomètres heure. Avant le passage pour piétons, il y a un virage serré qui peut se négocier à une vitesse maximale de 40 kilomètres heure. L'accélération pour arriver à la vitesse de l'impact a donc été brusque, mais la visibilité était bonne, pas de brouillard ni de pluie. Cela laissait à Alex cinq secondes pour visualiser la route devant lui. Essayez de compter, madame Capuozzo : cinq secondes. Comment est-il possible qu'Alex n'ait pas vu le jeune qui s'apprêtait à traverser le passage piéton ? Votre fils dit qu'il ne peut pas l'expliquer, sauf par le fait qu'il portait des habits sombres. Moi, je pense au contraire qu'il existe une explication, une explication très simple. »

Une pause, obligeant Leila à retenir son souffle.

« Alex a été distrait. Il a quitté la route des yeux, probablement pour surveiller le rétroviseur. Et pendant ce temps, il a continué d'accélérer. Il ne voulait pas perdre son avantage.

— Son avantage ?

— Ils faisaient la course, madame Capuozzo. Ce qui aggrave considérablement leur position. Celle de votre fils mais aussi celle de Xavier Wichs, parce que dans ce cas, peu importe laquelle des deux voitures a percuté la victime. »

Leila sent le sang quitter son visage. Elle imagine le vrombissement des moteurs, la lumière des phares sur l'asphalte. Elle voit Éric debout sur le passage piéton, puis un bruit, un flash, une force invisible qui l'emporte. Elle voit sa mère arriver sur les lieux, ses derniers espoirs se brisant lorsqu'elle s'agenouille pour étreindre le corps inerte.

« Si Éric Delacroix a perdu la vie parce que deux garçons

ivres se sont amusés à jouer à qui roulerait le plus vite, il est juste que ça se sache, reprend Morel. Que la famille d'Éric le sache, que sa petite amie le sache.

— Si vous êtes déjà convaincue, dit Leila d'un filet de voix, pourquoi vous continuez à me harceler avec vos questions ?

— Parce que c'est une chose d'être convaincue, c'en est une autre de prouver les faits devant un tribunal. Ce que j'ai, ce sont des preuves circonstancielles. Elles doivent être interprétées, elles ne permettent pas d'établir hors de tout doute qu'il y a eu une course. Et les deux garçons le nient catégoriquement.

— Vous me parlez comme si j'avais été dans la voiture avec mon fils. Comme si j'avais tout vu.

— J'espérais que vous connaissiez la vérité, et que vous étiez la seule personne impliquée capable de faire le bon choix.

— Vous appelez vérité une thèse que vous ne pouvez pas prouver.

— Que je ne suis pas sûre de pouvoir prouver. Nuance.

— Et moi, je ne peux pas vous aider.

— Même maintenant que je vous ai donné ces informations ? Rien d'autre ne vous vient à l'esprit, aucun élément contradictoire ? Aucun mot qui ne soit pas à sa place ? Les preuves circonstancielles sont un jeu d'additions : plus j'ai d'éléments, plus ma théorie devient crédible, et plus la version des garçons vacille. Pensez à Éric, madame Capuozzo. Il mérite justice. »

Une image surgit dans l'esprit de Leila : l'autoroute, le

nom du directeur de la start-up sur l'écran du portable, l'appel sur le haut-parleur. « Je me suis blessé au squash, désolé, je dois repousser la séance ». La porte de la chambre d'Alex ouverte, Xavier et son fils devant l'ordinateur. Sur l'écran, des cheveux blonds, un ongle peint en violet qui gratte sous l'œil.

Leila avale sa salive. « Je crains de n'avoir plus rien à vous dire. Je dois y aller, maintenant.

— Je comprends que ce soit difficile pour une mère. Mais il s'agit de...

— Au revoir, madame la procureure. »

Leila se couche sur le sable. L'instinct lui dit de téléphoner immédiatement à Giorgio. De lui jeter à la figure la théorie de la procureure. Si Morel a raison, Alex et son mari lui ont menti depuis le début. Et Damien ? Est-il lui aussi victime de ces mensonges, ou est-il complice ?

Elle se rend compte qu'elle s'est mise à trembler. Qu'est-ce qui l'attend à l'autre bout du fil ? Une nouvelle dispute ? La confirmation d'une vérité terrible ? Ou de nouveaux mensonges ? Elle ressent le besoin de parler à une voix amie, à une présence en chair et en os. Elle a envie de s'assoir, de se défouler sans peser ses mots. Elle récupère son vélo et pédale en direction du camping.

*

La porte du mobile home d'Henry est fermée. Leila essaye de l'appeler au téléphone, mais il ne répond pas. Elle jette un coup d'œil par la fenêtre de la chambre : un lit fait, un roman ouvert sur l'oreiller, une photo posée sur la table de nuit. Une femme d'âge mûr, les yeux bleu clair, presque blancs.

« Il n'est pas là », dit Marcel depuis sa caravane. Il parle à travers un chiffon mouillé pressé sur sa bouche.

Leila s'approche et remarque la croûte de sang sous son nez. « Qu'est-ce qui t'est arrivé ?

— Oh, rien. Le monde me sourit. Un monde où l'on te passe à tabac même si tu es à moitié invalide. » Il baisse le chiffon, révélant sa lèvre enflée. « Ce n'est pas grave, mais j'ai eu chaud...

— Qui t'a fait ça ?

— Personne, c'est ma faute. C'est toujours ma faute. » Il se tourne et écarte les bras comme pour embrasser sa caravane, sa table bancale, sa balle de Pilates. « Je ne suis qu'un raté. C'est ce que vous pensez aussi, et comment vous en vouloir ? Vous le pensez, Surya le pense. Mais sachez qu'avant, les filles tombaient à mes pieds. Aux championnats, il y avait une file d'attente devant ma chambre d'hôtel. »

Il se laisse tomber dans une chaise de camping. Il prend la canette de Heineken dans le porte-boisson, boit les dernières gouttes et la jette vers un sac-poubelle. Le sac bascule et se déverse sur la pelouse. « Vous voyez ? La poisse me poursuit. »

Leila se penche pour ramasser les déchets.

« Laissez, je m'en occupe. Mais d'abord, je ferme les yeux

et je profite d'une plongée dans la gloire passée. Il y a des gens qui n'ont même pas ça. Qui suis-je pour me plaindre ?

— Si tu vois Henry, tu peux lui dire que je suis venue ?

— Ce bon vieux Henry ! Lui, c'est un bon gars, ça se voit tout de suite. Pas comme moi. En tout cas, une chose est sûre, dit Marcel en se touchant la lèvre, il est très doué de ses mains. Il peut réparer ton évier, et si ça lui chante, il peut aussi te réajuster la tronche.

— C'est Henry qui t'a agressé ?

— S'il m'avait vraiment *agressé*, je ne serais pas là pour te le raconter. Il s'est contenté de m'en coller une – ça doit être mon jour de chance. Mais ne lui dites rien, ce sont nos affaires. Maintenant, si vous voulez bien... »

Leila remonte en selle et continue de contourner le lac. À la hauteur des berges marécageuses de la pointe sud-ouest, la route se divise en deux. Elle prend le chemin en planches qui serpente entre les roseaux.

Le téléphone sonne, c'est Henry. « Je viens juste de voir ton appel, désolé. » En arrière-plan, le bruit de la route et la voix de Springsteen. « Tu avais besoin de quelque chose ? »

Leila est tentée de le questionner à propos de Marcel – elle a du mal à imaginer Henry agir ainsi – mais une promesse est une promesse. « J'ai eu des nouvelles de la procureure. »

Henry baisse le volume de la musique. Leila résume ce que Morel lui a dit. « Je me demande ce qui changerait si elle avait raison. Ce serait plus grave, c'est évident. Mais...

ça reste un accident, non ? Si on ne le fait pas exprès, c'est un accident.

— Pourquoi, qu'est-ce que dit la procureure ?

— Rien. C'est sa façon de parler, comme si elle aussi cachait quelque chose.

— Je vois. J'ai peut-être une idée, je viens te chercher dans une heure. »

15

« Monsieur Vallancourt m'a filé un coup de main pour régler un problème, quand j'étais plus jeune, raconte Henry en conduisant vers la sortie de la vallée. Maintenant qu'il est à la retraite, sa fille Zoé a repris le cabinet. Je suis sûr qu'elle pourra t'aider. Zoé est un peu comme moi, si elle voit un placard qui ne ferme pas bien, il faut qu'elle s'y penche. Elle ne travaille pas cet après-midi, alors elle m'a proposé de passer chez elle. »

Zoé les attend sur le seuil d'un appartement du vieux centre de Malvillard. Jean et t-shirt avec le logo de System of a Down, la queue d'un tatouage tribal dépassant de sa manche, les mains maculées de terre. Sur le rebord de la fenêtre ouverte sur l'écoulement lent de la rivière, une jardinière avec des fleurs fraîchement plantées. « C'est juste une amie, demande Zoé avec un sourire au coin des lèvres, ou dois-je la mettre en garde en lui parlant de mes erreurs du passé ?

— J'aurais juré que l'erreur était la mienne, répond Henry. Mais je ne vais pas me mettre à débattre avec une avocate. »

Zoé écarte ses cheveux noirs de son visage, dessinant une trace de terre sur sa joue. « Laissez-moi me laver les mains et enfiler quelque chose de plus propre. Henry, le frigo est toujours à la même place. Tu peux te servir. »

Elle revient peu après, vêtue d'un pull violet. Leila lui donne une quarantaine d'années. Elle l'a tout de suite trouvée belle, mais avec sa queue-de-cheval mettant son visage en valeur, elle marque encore des points.

Ils s'installent autour d'une table. Dehors, les nuages balayés par le vent se reflètent dans le canal. Zoé écoute l'histoire de Leila sans broncher, tapotant son stylo-plume sur son carnet. De temps en temps, elle prend quelques notes.

« J'ai une bonne et une mauvaise nouvelle, dit-elle enfin. La mauvaise, c'est que la procureure est en train de préparer le terrain pour une accusation d'homicide volontaire. »

Un frisson parcourt Leila. « Volontaire ?

— J'en ai bien peur.

— Mais ça n'a pas de sens. Elle a parlé d'une course, c'est tout.

— Aux yeux de la loi, c'est pareil. Ou presque. Laisse-moi t'expliquer : si ton fils avait percuté ce garçon volontairement, ce serait un meurtre, n'est-ce pas ?

— Bien sûr.

— Car le meurtre requiert une intention. Elle peut être directe – je vois une personne que je déteste, je la tue – mais aussi indirecte. Je veux voler la montre d'un type et je le frappe à la tête. Je ne veux pas le tuer, mais j'accepte le risque car je veux m'emparer de la montre. Cela reste un meurtre. Vous me suivez ? »

Leila et Henry acquiescent.

« Pour les accidents de la route, les choses se compliquent. Car hormis des cas extrêmes, aucun conducteur ne veut faire de mal à autrui. Même s'il a bu, même s'il est en excès de vitesse, il ne fait que surestimer ses capacités. Le problème, avec cette histoire de course, c'est que l'imprudence devient intolérable. On ne peut pas considérer qu'il n'ait pas vu le risque. Il l'a vu, mais ne s'en est pas soucié. Il s'agit d'un problème complexe, car on ne peut pas savoir ce qui se passe dans la tête des gens. Mais la loi ne peut pas se payer le luxe d'hésiter. Elle doit imposer des limites. »

Leila tente d'assimiler les informations, mais a l'impression que sa tête est déconnectée de son corps, que son cerveau est paralysé.

« Et la bonne nouvelle ? demande Henry.

— Pour le moment, ce ne sont que des mots : la procureure peut avancer l'hypothèse mais, à moins que l'un des garçons n'avoue, le doute profite à l'accusé. Un bon avocat va cuisiner ce doute et le servir au juge sur un plateau d'argent. Et je vais vous dire, je n'apprécie pas du tout le comportement de la procureure. » Elle croise le regard de Leila. « Elle n'a rien fait d'illégal, mais je trouve ignoble qu'elle t'ait ciblée juste parce qu'elle a décelé en toi une vulnérabilité. Une vulnérabilité qui te fait honneur. Ce que je te conseille de faire maintenant, c'est de te protéger.

— Me protéger ?

— Si tu es d'accord, je contacterai la procureure demain. Si elle joue la carte de l'homicide volontaire, le droit des proches à garder le silence tombe. Elle peut t'obliger à te soumettre à un interrogatoire. Et crois-moi, ce sera bien pire que les discussions que vous avez eues jusqu'à présent. Je devrai également discuter avec l'avocat de ton fils.

— Mais si c'était vrai ? Si Alex et Xavier étaient vraiment en train de faire la course ?

— Dans ce cas, c'est au parquet d'apporter les preuves. Il y a les lois écrites par les hommes et celles de la nature. Tu es sa mère, Leila.

— C'est ce que tout le monde me répète : tu es sa mère, tu es sa mère. Je suis la mère qui ne sait rien. L'épouse qui ne sait rien. Ça devrait être une loi de la nature aussi, de se dire la vérité, non ? Au lieu de cela, je vis dans une maison faite de mensonges. »

Zoé fait une grimace amère. « Je m'occupe souvent d'héritages ou de divorces. Il se peut que des maisons sans mensonges existent – mais je n'en ai pas encore trouvé une. »

*

De retour dans la vallée, Henry s'arrête chez Leila pour boire un café. Il s'assied à la table et observe la photo posée à côté de l'ordinateur.

« C'est elle, la fille dont tu m'as parlé sur le bateau ? Celle qui t'a secourue ?

— Oui, c'est Valérie. Cette photo date de deux ou trois semaines après mon accident, c'est la seule que j'ai d'elle.

— C'est quoi cette tache sur son bras ?

— Elle n'a jamais voulu me le dire. Mais je soupçonne

qu'elle avait des soucis à la maison, que son père... Enfin, tu vois le tableau.

— Je le vois bien, malheureusement. J'ai aussi eu un beau-père violent.

— Qui, Jacques ?

— Oui. Tu l'as rencontré, non ?

— Justement, il ne m'a pas donné l'impression d'être quelqu'un de méchant.

— Je n'ai pas dit qu'il était méchant. Il buvait, et l'alcool le rendait agressif. J'ai aussi ma part de responsabilité : quand j'étais ado, j'étais une terreur. J'aurais mis à l'épreuve la patience de n'importe quel parent.

— Jacques m'a dit que ta mère avait l'habitude de cacher l'argent dans des livres, pour que tu ne le voles pas. »

Henry baisse les yeux. « Je ne suis pas fier de mon comportement de l'époque.

— Cet argent que j'ai trouvé et voulu rendre à Jacques, et que tu as empoché. Jacques dit que tu ne le lui as jamais rendu.

— Je l'ai utilisé pour remplir ses étagères avec de la nourriture solide. Des liquides, il en a déjà bien assez. Il a essayé à plusieurs reprises d'arrêter, mais l'abstinence le rend malade.

— Tu devrais peut-être essayer de l'aider.

— Tu crois vraiment qu'il accepterait ? C'est déjà un miracle qu'il me permette de lui faire des courses de temps en temps. » Il regarde sa montre. « Il faut que je file, maintenant. J'ai encore du boulot. »

Leila l'accompagne au pick-up.

« Je suis content que tu aies accepté la proposition de Zoé, dit Henry. Quand on a affaire à la *justice* – il mime des guillemets avec les doigts – vaut mieux ne rien laisser au hasard. »

Leila soupire. « Mais la question de fond est toujours là. »

La rencontre avec l'avocate lui a laissé un arrière-goût bizarre. Elle n'a rien contre le fait que Zoé serve de filtre entre elle et la procureure, mais en même temps, elle n'a pas envie de cacher sa tête dans le sable.

« Que s'est-il passé cette nuit-là ?

— Pourquoi ne pas demander directement à ton fils ?

— Ça ne servirait à rien. De plus, entre Alex et moi, il y a mon mari. Avec mon fils, c'est l'impasse totale.

— Tu n'as pas pensé que peut-être les garçons mentent à tout le monde, y compris à ton mari ?

— J'en doute. Et si je veux la vérité, ce n'est ni de Giorgio ni d'Alex que je l'obtiendrai. Ils m'ont laissée dans le noir jusque-là et ils ne changeront pas d'attitude. C'est comme ça avec Giorgio : s'il dit une chose, il s'y tient, qu'elle soit vraie ou fausse. Il nie même devant l'évidence.

— Alors, que comptes-tu faire ?

— Je ne peux pas faire grand-chose. Sauf peut-être une dernière tentative. »

16

Sur sa photo de profil, Alex est en maillot de bain, le dos tourné à l'objectif, les bras écartés. En arrière-plan, le golfe de Ko Phi Phi. Leila clique sur la photo et découvre que c'est la seule disponible.

Ce n'est pas la première fois que Leila se permet de jeter un coup d'œil sur les réseaux sociaux de son fils; elle l'a fait souvent à l'époque où Alex était parti vivre en coloc, entre ses vingt et ses vingt-deux ans. Au fond, il s'agissait d'informations qu'il avait décidé de partager avec tout le monde. Mais à présent, le contenu du compte est inaccessible, tout comme ses contacts.

Une fille blonde, pense Leila. *Un visage mince, un peu anguleux, un nez fin.* Un visage qu'elle n'a vu qu'une seule fois, pendant quelques secondes, sur un écran d'ordinateur: son expression était grave, sans l'ombre d'un sourire. Tout comme celle d'Alex lorsqu'il a fermé la porte. Leila a interprété cela comme de l'agacement face à l'intrusion d'une mère qu'il supportait avec peine. Mais Xavier était là aussi et dans ses yeux, Leila n'a perçu ni agacement, ni colère, mais plutôt un brin d'inquiétude.

La sonnette retentit.

Leila ouvre et se retrouve face à Surya. «Je... je peux te parler une seconde?

— Bien sûr. Que se passe-t-il ?

— Je dois t'avouer une chose. » La fille semble hésiter, puis jette un petit sachet rempli de pilules sur la table. « Le soir où nous nous sommes rencontrées au bar, je t'ai menti. Je ne voulais pas acheter de la marijuana. Marcel m'avait laissé entendre qu'il avait ce que je cherchais, mais ce n'était pas vrai. Alors je me suis dit qu'un peu d'herbe c'était mieux que rien. Et puis l'autre jour, tu m'as dit qu'il avait rendez-vous chez le coiffeur, tu te souviens ?

— Oui, j'ai trouvé ça bizarre.

— Tu te souviens aussi de sa photo sur l'appli de rencontre ? Assez mignon, maigre et cheveux courts ? Au bar, il s'est présenté avec cette frange affreuse. J'ai plaisanté en disant qu'il m'avait trompée deux fois sur la marchandise : s'il n'avait pas de Xanax, il pouvait au moins se pointer avec la coupe de la photo. Quand tu m'as parlé du coiffeur, j'ai compris le message. Je lui ai écrit et on s'est vus hier soir. » Elle indique le sachet. « Je ne les ai pas encore touchées. J'ai tellement honte de moi. Je ne voulais pas te mentir, désolée.

— Ne t'inquiète pas. Et puis, ce n'est certainement pas à moi de te juger. »

Surya reste silencieuse quelques secondes. « Ça te dirait de faire un petit tour dehors ? »

L'air du soir est tiède, la lune brille à travers les nuages. Surya marche les mains dans les poches, la tête enfoncée dans les épaules. « Peut-être que je l'espérais un peu, tu sais ?

— Quoi donc ?

— Que tu m'engueules. C'est ça le problème : il n'y a plus personne pour me juger, dans ma vie. Il n'y a plus ma mère pour me faire la morale – à treize ans, à cause d'une cigarette, elle m'a confisqué mon portable pendant une semaine. Il n'y a plus mon père pour me dire que s'il me voit avec un tatouage, il va me trouver un job au cirque. Mes amis… personne ne te dit rien, au contraire. Impossible de sortir un samedi sans que quelqu'un me propose de prendre des trucs. Je devrais me trouver des nouveaux potes, je sais, mais ce n'est pas si simple que ça. »

Une pause, puis : « Quand un professeur m'a suggéré d'étudier la flore de cette vallée pour ma thèse, j'ai pensé qu'un break me ferait du bien, loin de la drogue, des soirées. Du genre de gars que l'on rencontre à ces soirées. »

La lune se dégage des nuages, fait scintiller le centre du lac.

« Tu aimes ce que tu fais ? demande Leila. Ta thèse, je veux dire. Je suppose que la motivation peut baisser parfois, mais…

— Ça, c'est juste un truc d'étudiant : si tu ne te plains pas de ta thèse, t'es pas normal. En réalité je suis contente, je crois que ça avance plutôt bien. Je devrais envoyer les premiers chapitres au professeur, mais j'ai le trac : et s'il les trouve nuls ?

— Je suis sûre que ce n'est pas le cas.

— En parlant de brouillons. Le livre que tu traduis, t'en es où ?

— Nulle part. J'ai traduit le début et quelques paragraphes par-ci par-là.

— Faisons un deal. J'envoie mes chapitres au prof, tu envoies tes ébauches à deux ou trois éditeurs. »

À cette idée, les yeux de Surya s'illuminent et Leila ne veut pas gâcher son enthousiasme. « Je suppose que cela ne coûte rien d'essayer.

— Faisons ça tout de suite, sinon je vais me dégonfler, je me connais. On envoie tout avant demain midi, d'accord ?

— D'accord. »

Le téléphone de Surya vibre. Elle soupire. « Un des mecs rencontrés en soirée dont je suis censée me tenir à l'écart. » Elle tape un message – ses doigts bougent si vite qu'ils perdent leurs contours. « Maintenant, on va balancer ce maudit sachet dans les toilettes, qu'en dis-tu ? »

Leila a toujours les yeux posés sur le portable de Surya. « Bonne idée. Mais d'abord, j'aurais un service à te demander. »

*

« Son profil est privé, dit Surya en déplaçant la flèche de la souris sur la photo d'Alex en Thaïlande. Qu'est-ce qui t'intéresse exactement ?

— Sa liste d'amis.

— Tu devrais simplement lui demander de le suivre. T'as un compte ?

— Non. Et je doute qu'il accepte ma demande. C'est... compliqué entre nous.

— Tu pourrais créer un faux compte. Ou bien, je pourrais essayer avec le mien.

— C'était un peu mon idée. Tu serais d'accord ?

— Pourquoi pas. En plus, je suis pas mal sur ma photo, regarde. » Surya y figure en gros plan, les cheveux balayés par le vent, la mer en toile de fond. « Je vaux bien un *clic*, non ? »

Surya envoie la demande. « Et maintenant, si tu le permets... »

Elle récupère le sachet, va déverser son contenu dans les toilettes et tire la chasse d'eau. « Il paraît que l'eau de Londres regorge de drogues. Me voilà en train de donner une allure internationale à cette vallée paumée. »

Une vibration se fait entendre depuis le salon.

« Ah, dit Surya. Soit c'est le crétin de tout à l'heure qui ne comprend pas le sens subtil de l'expression " tu peux rêver ", soit... » Elle récupère le téléphone et montre l'écran à Leila. « C'est ton fils qui m'a accordé l'honneur de suivre son profil. Qui est d'ailleurs assez décevant. Peu de photos, aucune avec son visage.

— Il a dû les supprimer.

— Et voici ses contacts. »

Leila parcourt la liste des profils. En quelques minutes, elle est déjà à la moitié. Elle descend encore et encore, puis son doigt se fige. Ses yeux s'écarquillent.

Cindy Marechal. Vingt-quatre ans, *traveller and dreamer*, éducatrice à la crèche La Girafe. Quelques selfies avec des amies, des photos de paysages, des souvenirs d'un été à Ibiza. Un cliché avec un garçon qui l'embrasse sur la joue.

« Tu as trouvé ce que tu cherchais ? demande Surya.

— Un point de départ. Je m'occuperai du reste plus tard. »

Le portable de Surya vibre à nouveau. « Apparemment, le message n'est pas passé.

— Le crétin ?

— C'est ma faute. Il sait que s'il insiste, il finit par obtenir ce qu'il veut. Mais je ne tomberai pas dans le panneau cette fois-ci.

— Et les types que nous avons choisis hier sur l'application ? Ça n'a rien donné ? »

Surya croise ses index et les lève comme pour se protéger. « Le premier m'a demandé la couleur de mon string, le deuxième a inauguré la conversation en disant " J'ai une meuf, mais on peut se trouver un petit hôtel discret si ça te dit ". Et le troisième, sans vouloir te vexer, parce que c'est toi qui l'as choisi, je ne le toucherais pas avec un bâton de deux mètres. »

Leila sourit. « Il n'était pas si mal. Et ce n'est pas comme s'il y avait l'embarras du choix.

— Ça, c'est sûr, dit Surya avant qu'un bâillement la surprenne. Bon, allez. Si je dois envoyer les chapitres au prof avant midi, je ferais mieux de me réveiller tôt demain matin, histoire de me relire comme il faut.

— C'est vrai. J'avais déjà oublié notre pacte.

— N'essaie pas de te défiler.

— Midi, pas une minute plus tard.

— Et si tu veux d'autres opérations d'infiltration dans le monde des réseaux sociaux, n'hésite surtout pas.

— Je te remercie. Mais tout ce dont j'avais besoin, c'était d'un nom. »

*

Sur l'une de ses photos, Cindy Marechal est assise sur un balcon décoré avec des plantes et des lanternes. Elle sirote un cocktail et sourit à l'objectif, tandis que derrière elle, le soleil déclinant colore le ciel en rose. Un hashtag : *#home*. La localisation géographique indique l'immeuble où la photo a été prise.

Leila ouvre une carte sur Internet. Elle choisit comme point de départ le lieu de l'accident, et comme destination, le domicile de Cindy. Le trajet dure vingt-deux minutes. Aller-retour : quarante-quatre.

Leila se lève et se dirige vers la fenêtre. Elle regarde son souffle se condenser sur la vitre, embuer son reflet.

Une heure zéro cinq, la voiture d'Alex percute Éric.

Un cinquante-neuf, la porte d'entrée claque, le chien aboie.

Cinquante-quatre minutes.

Alex a déclaré s'être arrêté chez Xavier pour discuter et fumer une cigarette : une version qui a commencé à paraître suspecte à Leila lorsqu'elle a appris qu'il était rentré chez eux en larmes. Maintenant, un nouveau scénario se présente, et il remet tout en question.

Leila sent son cœur sombrer. Elle monte sur la mezzanine

et ouvre la boîte de somnifères sur la table de nuit. Elle avale une pilule, puis une deuxième. Elle détend ses paupières et attend de glisser dans l'obscurité.

*

Le lendemain matin, Leila voudrait tout associer à un mauvais rêve.

Elle fait chauffer la cafetière et boit un café sans en sentir le goût, puis sort dans l'air frais du matin. Huit heures et quart : trop tôt pour téléphoner à la crèche où travaille Cindy.

Un vent léger souffle, mais le lac semble agité comme sous une tempête. Le brouillard se condense en petites gouttes de pluie. Elle se promène en essayant de faire le vide dans sa tête, et arrive à la hauteur de la maison de Jacques. Elle observe le toit dépassant la végétation, la fumée sortant de la cheminée. Elle espère que le vieil homme va mieux : il a promis de passer la voir, mais ne l'a pas encore fait.

De retour à la maison, Leila boit un autre café et pose la tasse vide à côté de *Pourri Brûlé*. Elle se souvient de la promesse faite à Surya et décide de repousser de quelques minutes l'appel à Cindy. Elle cherche sur Internet le numéro d'Âge des Lumières, l'éditeur de Séverine Sutcliffe. Elle explique qu'elle est traductrice et demande si les droits de traduction en langue allemande sont encore disponibles.

« Oui, ils le sont, répond la femme au téléphone. Vous êtes indépendante ou vous travaillez pour une maison d'édition ?

— Indépendante. Avant de contacter des éditeurs, je voulais vérifier pour les droits. Et je voulais aussi vous demander... Séverine Sutcliffe est un pseudonyme, n'est-ce pas ?

— Oui. Mais si vous espérez découvrir qui se cache derrière, je vais vous décevoir. Nous avons reçu le manuscrit accompagné d'une lettre qui nous autorisait à le publier s'il nous plaisait, et qui nous demandait de verser les éventuels droits d'auteur à une association.

— Quelle association ?

— Elle s'appelle *Futur Heureux*. Elle soutient les familles qui accueillent des enfants en difficulté. Mais même eux n'ont aucune idée de l'identité de l'auteur.

— Séverine vous a donc cédé les droits et n'a plus donné de nouvelles ?

— C'est ça. Elle avait juste une autre requête : on devait envoyer un exemplaire du livre au quotidien local de l'endroit où l'histoire est située. Je suppose qu'il était important que l'information parvienne aux habitants de la région. Ce n'est pas comme si les librairies abondaient, là-bas.

— Et vous avez eu des retours ?

— C'est le moins qu'on puisse dire. Nous avons même reçu des appels peu amicaux, des gens qui nous en voulaient d'avoir publié cette " saloperie pleine de mensonges ". Nous leur avons répondu qu'accuser un roman de contenir des mensonges, c'est comme s'en prendre à un chat parce qu'il miaule. S'il est écrit " roman " sur la couverture, c'est de la fiction. Et celui de Sutcliffe est un grand roman. Malheureusement, il n'a pas eu le succès qu'il méritait.

— Peut-être qu'une traduction pourrait le relancer.

— À l'époque, nous avions eu des contacts avec une maison d'édition allemande, Alexandria Verlag, qui a ensuite renoncé à cause de difficultés économiques. Mais peut-être que maintenant les choses ont changé.

— J'ai déjà traduit quelques pages. Je pourrais les leur envoyer et voir s'ils sont toujours intéressés.

— Si vous le souhaitez, je peux m'en occuper. Pouvez-vous me transmettre ces pages par mail ? »

Leila envoie les brouillons et regarde sa montre. Plus d'excuses, il est temps d'appeler Cindy. De découvrir s'il y a une vérité cachée derrière ses soupçons, ou si elle est simplement tombée dans le piège de la procureure Morel, qui l'a poussée à mener une chasse aux fantômes.

Une voix de femme mûre répond et accepte de lui passer Cindy ; le timbre de celle-ci sonne comme celui d'une ado en comparaison. « Bonjour, qui est à l'appareil ?

— C'est Leila Capuozzo. La mère d'Alex. »

Le silence envahit la ligne.

« Vous connaissez Alex, n'est-ce pas ? » dit Leila.

Un « oui » à peine audible.

« J'aimerais vous parler, Cindy. Je me trompe peut-être, mais... »

La jeune femme éclate en sanglots.

17

« Je peux te conduire si tu veux, dit Henry.

— C'est gentil, mais c'est quelque chose que je dois faire moi-même. Je pensais demander à Marcel de me louer sa voiture. Tu as son numéro ? »

Trente minutes plus tard, la Twingo de Marcel l'attend sur le parking du camping, les clés sur le contact. À l'intérieur, un Arbre Magique mène une bataille perdue contre l'odeur de cigarette et de marijuana. La poignée que Marcel a cassée le soir de leur première rencontre a été réparée avec du ruban adhésif.

Leila a l'impression de revivre l'époque où elle apprenait à conduire. Elle maintient l'aiguille du compteur en dessous de la limite, tressaille lorsqu'elle aperçoit une voiture venant d'une rue transversale ou un passant au bord du trottoir. La Twingo vibre comme un karting – si les roues rencontrent un caillou, Leila sent l'impact dans son dos. Pour se calmer, elle ressort de sa mémoire un paragraphe de *Pourri Brûlé*. Elle joue avec les mots, décompose les phrases, les reconstruit en allemand.

Cindy lui a donné rendez-vous sur une aire de jeux déserte, à l'ombre d'un immeuble de banlieue. Elle n'est pas encore arrivée, et Leila attend dans la voiture. Dans le compartiment sous le lecteur CD, entre un prospectus de

Domino's Pizza et un disque de stationnement, elle aperçoit un permis de conduire. Le nom de famille de Marcel est Jametti. Leila fait une recherche sur son portable, plusieurs vidéos apparaissent. Un snowboardeur montre son pouce levé depuis la grille de départ d'un half-pipe. Il prend de la vitesse, s'élance vers le ciel et effectue un double backflip. À la fin de sa descente, il freine devant la caméra et presse ses lèvres contre l'objectif. La note du jury est de 9,8 : première place. Leila fait défiler les autres vidéos et en trouve une intitulée « Marcel Jametti – accident». Un écran noir apparaît : *Ce contenu a été retiré de YouTube car il enfreint notre politique.*

Quand Leila lève les yeux, elle aperçoit Cindy assise sur un banc.

*

« Je n'ai plus réussi à travailler après votre appel, dit Cindy. J'ai prétexté que j'avais de la fièvre et que je ne voulais pas la filer aux enfants.

— Je suis désolée. Je comprends que ce n'est pas facile...

— J'ai revu ce qui s'est passé des dizaines de fois dans ma tête, pour être préparée au cas où la police me retrouverait. Mais je suis contente que vous soyez arrivée avant eux. Comme ça, au moins, je peux tout vous raconter. Pas seulement l'accident, mais aussi le reste. »

Leila s'assoit à côté d'elle. Quelques secondes s'écoulent avant que Cindy ne recommence à parler. Elle le fait d'une voix faible, entrecoupée de sanglots. Elle explique qu'elle a rencontré Alex grâce à une amie qui étudiait avec lui. « Mon copain était à une compétition de motocross, ce soir-là. Nous avons bu quelques verres ensemble. Le lendemain, il m'a envoyé un message, et nous nous sommes écrits pendant un moment. J'ai fini par lui expliquer que nous devions arrêter, que mon copain était jaloux et qu'il surveillait mon téléphone. Alex m'a dit que je pouvais lui écrire sur une application cryptée, où les messages ne laissent aucune trace. J'étais curieuse, alors j'ai accepté. Deux semaines plus tard, mon copain a annulé nos projets de week-end à la dernière minute, pour aller voir une course en Italie. »

Cindy soupire. « Il fait son jaloux, mais je sais très bien ce qu'il trafique à ses compètes de moto, quand je ne suis pas là. Alors moi aussi, je fais ce que je veux. J'ai proposé à Alex de nous voir. Je lui ai expliqué que je ne cherchais rien de sérieux, il m'a répondu que ce n'était pas un problème, qu'il profitait de sa vie de célibataire. Nous nous sommes embrassés, mais il n'a rien tenté de plus. Je n'arrivais pas à comprendre s'il était timide ou s'il y avait un autre problème. Quoi qu'il en soit, la soirée a été sympa et nous avons continué à nous écrire. Pendant ce temps, avec mon mec ça allait de mal en pis. J'ai invité une amie à dîner et, en parlant de garçons et de nos problèmes, nous avons vidé une bouteille de vin. Plus tard, j'ai écrit à Alex, et je lui ai envoyé une photo en sous-vêtements. Je me suis dit qu'il allait peut-être se débarrasser de sa timidité. Il m'a aussi envoyé une photo, et vu qu'il jouait le jeu... »

Cindy se mordille l'index. Ses ongles sont rongés, entourés de petites croûtes. « Bref, nous nous sommes donné rendez-vous le lendemain soir. La suite, je préférerais ne pas la raconter, mais je pense qu'elle est importante : ça a duré trente secondes, une minute tout au plus. Je lui ai dit que ce n'était pas grave, mais il s'est rhabillé à la hâte et il est parti. La semaine suivante, une amie m'a invitée à une soirée entre filles chez sa sœur, qui n'habite pas loin de chez vous. Je lui ai écrit, il m'a dit qu'il allait boire des verres avec un ami. Il m'a envoyé un message au moment où il quittait le bar et j'ai dit aux filles que je rentrais avec le dernier train. Alex est arrivé avec un autre gars, Xavier. Il m'a dit de ne pas m'inquiéter, que c'était son meilleur pote, et qu'il garderait notre secret. J'avais de l'herbe et nous avons fumé un joint ensemble. Dès le début, Xavier ne m'a pas plu. C'est le genre de personne qui rabaisse les autres pour se gonfler d'importance. Il se moquait d'Alex parce qu'il avait loupé ses examens, se vantait de son job à la banque et me faisait des petits sourires. Avant de monter dans sa voiture, Xavier a tapoté le dos d'Alex et lui a dit : " Ferme les yeux et pense à autre chose, cette fois, peut-être qu'elle prendra son pied aussi. " Alex est devenu pâle. Dans la voiture, il ne disait plus un mot. Puis, les phares de Xavier sont apparus dans le rétroviseur. Il a klaxonné et l'a dépassé, tout en baissant la vitre pour lui montrer son majeur. Alex a essayé de lui repasser devant, mais Xavier lui barrait la route. Alors Alex m'a demandé de prendre mon portable et de filmer. »

Leila ne croit pas à ses oreilles. « De filmer ?

— Il a dit qu'il voulait une preuve, sinon Xavier n'aurait jamais admis sa défaite. J'ai accepté. Je... je ne veux pas me trouver d'excuses. Quand Alex a appuyé sur l'accélérateur, j'ai senti l'adrénaline, le vide dans mon estomac. Alex a réussi à dépasser Xavier et à gagner quelques mètres. J'ai commencé à avoir peur, j'ai arrêté de filmer et je lui ai demandé de ralentir. Il ne m'a pas écoutée. Nous avons passé un autre virage, Alex a regardé derrière lui, Xavier était proche, il a encore accéléré et... j'ai entendu quelque chose, un son sourd. Alex m'a regardée d'un air confus. Il s'est arrêté et Xavier a fait de même. Ils se sont éloignés de quelques pas, sont revenus et ont vérifié les dégâts sur la voiture. Alex est remonté et m'a dit qu'il avait heurté un panneau. Nous sommes repartis et il m'a ramenée chez moi. Il m'a fait effacer la vidéo et m'a fait promettre de ne rien dire à personne. »

Cindy se mord la lèvre, essuie une larme sur sa pommette. « Le lendemain, il m'a envoyé un message sur l'application cryptée. La nouvelle était dans le journal. J'ai lu les titres et mon estomac s'est retourné. Alex m'a rappelé ma promesse. Je lui ai répondu que la situation était différente, que quelqu'un était mort. Il m'a demandé de patienter quelques jours. La semaine suivante, il m'a dit de me connecter à un *chat* vidéo, encore un service crypté qui ne laisserait aucune trace. Xavier était avec lui. Il m'a rappelé que nous avions fumé ma marijuana, que j'avais filmé avec mon téléphone, que j'étais aussi responsable mais je pouvais rester en dehors. Personne ne saurait rien, ni la police... ni mon mec. Je lui ai dit que s'il pensait que ma décision dépendait de ça, il se trompait. Alors il s'est mis à parler des photos que j'avais envoyées à Alex. J'ai dit qu'il pouvait en faire ce qu'il voulait, mais en réalité, j'ai paniqué. Je travaille avec des enfants et certaines mères me feraient virer rien que si elles découvraient que je fume de l'herbe. J'ai accepté, mais à une condition : si la police frappait à ma porte, je raconterais tout. Ils n'avaient pas l'air inquiets, "ça n'arrivera pas", ils ont dit. »

Cindy secoue la tête, puis elle regarde Leila dans les yeux. « Je ne sais pas comment vous m'avez trouvée et au fond, ça m'est égal. Cette histoire me ronge de l'intérieur : chaque matin, je me dis que je devrais tout avouer, mais je sais que je ne le ferai pas. Maintenant, je ne suis plus la seule à connaître la vérité, il y a vous aussi, et vous n'êtes pas n'importe qui. Vous êtes sa mère. Vous êtes libre de répéter mon histoire à la police. Je suis contente que vous soyez là, parce que maintenant, c'est vous qui devez choisir. »

*

Sur le chemin du retour, Leila lève les yeux vers le rétroviseur.

Elle imagine l'éclair des phares, la pression d'une voiture collée à la sienne, la route qui se dessine dans l'obscurité. Une sensation d'ivresse, la marijuana qui commence à faire effet. Une fille assise à côté, une blessure brûlante, un sentiment d'insécurité, d'humiliation.

Le moteur vibre, le pied presse sur la pédale, la main change la vitesse. *Prends ton téléphone et filme*. La fille joue le jeu, sourit. L'accélération les fait frémir, la lutte entre les virages fait monter l'adrénaline, le dépassement, la route qui semble se rétrécir à travers le pare-brise, la ligne discontinue qui se consolide en un seul trait, les feux qui deviennent des bandes floues. Et puis, l'impact.

Leila ralentit et se gare sur le côté de la route.

De l'imprudence, pense-t-elle. De la stupidité et de l'imprudence.

Mais peut-on parler d'intention ? Voir le risque et s'en accommoder ?

Alex avait certainement déjà conduit après avoir bu. Il s'est toujours moqué des limitations de vitesse, et ce n'était peut-être pas la première fois qu'il faisait la course. Il ne s'était jamais rien passé.

Mais le danger était là, il l'était toujours, c'est lui qui ne voulait pas le voir.

Éric Delacroix avait dix-neuf ans. Il aimait son travail. Il aimait sa famille. Dans la mémoire de ses proches, son visage est figé dans un cri. Il criera pour toujours. Alex a vu ce visage – sur des photos, mais il l'a vu. Et pourtant, il a menti.

Leila ajuste le rétroviseur pour y voir son reflet. Elle se reconnaît à peine. Son visage paraît osseux, les rides autour de sa bouche plus profondes, son front plus haut.

Une question résonne dans sa tête : et si les choses s'étaient passées différemment entre elle et Alex ? S'il n'avait pas développé ce sale caractère. S'ils avaient maintenu une relation. S'il ne l'avait pas traitée de salope, à dix-sept ans, lorsqu'elle lui avait reproché d'avoir laissé la cuisine dans un état lamentable. S'il n'avait pas dit « je suis enfin libre » en quittant la maison pour la coloc. Si, au cours de la dernière année, il l'avait traitée comme une mère et non comme une cliente séjournant dans le même hôtel que lui. Si elle ne l'avait pas entendu parler de prostituées, prononcer des phrases racistes. S'il avait été différent, plus comme...

Un nœud se forme dans sa gorge. *Plus comme Éric.*

Elle détourne les yeux du miroir, puis se force à se regarder à nouveau. *Si c'était le cas, la vérité aurait-elle vraiment de l'importance ? Aurais-tu vraiment un choix à faire ?*

18

Après avoir rendu la voiture à Marcel, Leila pédale jusqu'au bord du lac. Des nuages noirs s'amoncellent à l'horizon. Elle compose le numéro de Giorgio.

Il répond d'une voix neutre, avec une pointe d'irritation. « J'espère que tu appelles pour me dire que t'arrêtes de déconner et que tu rentres à la maison. »

Leila prend une longue inspiration. « Je suis au courant pour la fille, Giorgio.

— Quelle fille ? Qu'est-ce que tu racontes ? » Il essaie de garder un ton calme, mais Leila détecte une fissure.

« J'ai vu Cindy aujourd'hui. Elle m'a tout raconté. »

Silence.

« Vous m'avez menti, ajoute Leila.

— Nous t'avons dit ce que tu avais besoin de savoir. Nous te connaissons que trop bien. C'était la chose la plus simple, et c'était aussi pour ton...

— Ne dis pas ça.

— Pour ton bien. Si le garçon mort avait été un inconnu, nous aurions peut-être agi différemment. Mais toi... tu te rends compte de ce que tu as fait ? Tu t'es mise à enquêter, à chercher des informations qui pourraient ruiner la vie de ton fils.

— Je ne cherchais que la vérité, rien de plus.

— Et pourquoi tu tenais tant à la connaître ? Ça te permet de remonter le temps et de ramener ce garçon à la vie ? Alex paiera pour sa faute, mais...

— Il paiera pour *une* faute. Qui n'est pas la sienne, parce que la sienne est plus grave.

— Et qu'est-ce que tu comptes faire, alors ?

— Pour le moment, rien. Mais la décision n'est plus entre vos mains.

— Tu te rends compte de ce que tu dis ? C'est pas normal, tout ça, tu as perdu la boule !

— C'est vous qui...

— Un fils ! s'écrie Giorgio. Un seul ! C'est tout ce que j'ai, tout ce que tu as voulu me donner. Et maintenant, tu veux me l'enlever ? J'aurais dû boucler la porte et changer les serrures la première fois que tu as quitté la maison. J'aurais... »

Le grondement du tonnerre couvre le reste de la phrase.

« Tu sais quoi ? dit Giorgio. J'ai honte de t'avoir comme femme. »

*

Leila étale ses vêtements mouillés devant le poêle. Dehors, la pluie s'est arrêtée, le ciel bleu se mêlant aussitôt aux ombres du soir.

Sur l'ordinateur, un e-mail d'Âge des Lumières. *J'ai eu des nouvelles de l'éditeur intéressé par la traduction. Ils ont beaucoup aimé vos extraits. Ils sont prêts à relancer le projet.*

Leila pose sa main sur son ventre. Il lui paraît dur, comme si le nœud qu'elle sent à l'intérieur avait pris une forme matérielle. Le malaise se répand dans tout son corps, accompagné par la voix de Giorgio : *Un fils, c'est tout ce que tu as voulu me donner. Et maintenant, tu veux me l'enlever ?*

Les pensées se chevauchent dans sa tête : les éclairs des phares, le visage d'Éric, celui d'Alex, la rencontre avec Morel, les paroles de Zoé, meurtre, homicide volontaire, et puis Giorgio, son mépris toujours prêt à remonter à la surface, à la blesser.

Un sentiment de défaite l'enveloppe. Une défaite définitive, sans remède. Leila attend les larmes, mais elles ne viennent pas.

Quelques minutes plus tard, on sonne à la porte. Jacques la salue en touchant son chapeau. « Je vous dérange ?

— Non, pas du tout. Je me reposais.

— Je m'excuse pour l'autre jour. J'étais... indisposé. La vérité est que j'essaie d'abandonner certaines mauvaises habitudes, et le prix à payer est cher.

— Je voulais juste vous remercier pour le livre et vous demander si je pouvais le garder encore un peu.

— Bien sûr. En fait, considérez-le comme le vôtre.

— Merci, c'est très gentil. Voulez-vous entrer pour boire un thé ?

— J'avais plutôt envie de me dégourdir les jambes. J'aime l'odeur de l'air après un orage. »

Leila prend une bouffée d'oxygène, le vent tiède lui caresse le visage. Ils marchent le long de la rive.

« Je suppose que vous avez apprécié le livre, dit Jacques.

— Beaucoup, même si c'est une histoire très triste. J'ai découvert qu'il était épuisé. Dommage que des romans comme celui-là se perdent en chemin.

— C'est drôle, n'est-ce pas ? On écrit pour qu'une histoire vive éternellement, mais la plupart disparaissent au bout de quelques années. Le papier imprimé n'est qu'une illusion.

— Savez-vous qui se cache derrière ce pseudonyme ? »

Jacques hausse les épaules. « Est-ce important ?

— Je suis juste curieuse.

— Si un auteur choisit l'anonymat, je trouve qu'il faut le respecter. Ce qui compte, c'est l'histoire.

— Vous avez raison. Et je suis d'avis que celle-ci mérite de vivre encore un peu. Peut-être qu'une traduction pourrait lui donner un second souffle.

— Une traduction ?

— C'est mon métier. Et si le livre paraît dans une autre langue, il sera peut-être réédité en français.

— C'est une bonne idée. Mais je crains que ça ne soit pas si simple.

— Ça vaut la peine d'essayer.

— Je connais la plupart des personnages qui apparaissent dans ce livre. Les noms ont été changés, bien sûr. Et beaucoup sont morts. Mais même depuis leur tombe, ils feront tout pour vous mettre des bâtons dans les roues. »

Jacques ralentit le pas.

« Ça va ? lui demande Leila »

L'homme indique un banc et Leila l'aide à s'asseoir. Il

montre ses mains tremblantes. « Comme vous l'avez sans doute remarqué, j'ai une... addiction. C'est un vieux problème, l'alcool, que je pensais avoir laissé derrière moi, mais j'ai replongé après la mort de ma femme. Je sais que c'est une excuse facile. Mais il y a des moments où je regarde l'avenir et je ne vois que des jours vides.

— Je suis désolée, dit Leila. Depuis combien de temps êtes-vous seul ?

— Ça fait trois ans que le diabète a emporté Martine. Il lui a d'abord ôté la vue, puis l'a confinée au lit. Mais elle n'a jamais voulu rendre les armes, elle s'est battue jusqu'à la fin. " Un livre de plus, elle disait, il y a le temps pour un livre de plus ". Je passais des journées entières à lui faire la lecture à haute voix.

— Elle a eu de la chance d'avoir quelqu'un comme vous à ses côtés.

— J'aimerais vous donner raison. Mais parfois, je me dis que Martine aurait dû rencontrer un autre homme. Quelqu'un sans ses propres démons, qui aurait pu la comprendre et la soutenir, au lieu de l'entraîner dans le tourbillon de ses vices. Malheureusement, les personnes abîmées s'attirent souvent l'une l'autre, et le destin m'a mis sur son chemin. Je lui ai promis de l'emmener loin, vers une vie meilleure. Des promesses d'ivrogne. Ça a duré six mois, le temps de nous retrouver sans un sou et avec plus de problèmes que nous n'en avions emportés avec nous. Nous sommes revenus ici, avec, en plus, la blessure de l'échec. Une blessure que Martine a voulu guérir en essayant d'être une mère, de s'occuper d'Henry, qui avait alors déjà sept ans. »

Jacques ferme les yeux. Une ligne humide se forme sous ses paupières. « Si Martine ne m'avait pas rencontré, ça aurait été mieux pour tous les trois. »

19

Sur le chemin du retour, Leila appelle Zoé pour la mettre au courant des derniers développements. Elle lui explique son intuition, la recherche sur les réseaux sociaux, et lui détaille sa rencontre avec Cindy.

L'avocate ne perd pas son sang-froid. « Nous avons deux possibilités. La première est de ne rien dire – ce sera à la procureure de décider si elle veut miser sur la théorie de la course au procès, en sachant qu'elle risque de ne pas pouvoir la prouver. Si, au contraire, nous exposons Cindy au grand jour, Morel ne va pas hésiter une seule seconde. Dans ce cas, j'aimerais d'abord rencontrer les garçons et leurs avocats, afin qu'ils sachent ce qui les attend.

— Je n'ai pas encore eu le temps d'y réfléchir. Je voulais juste te prévenir et... »

Leila s'interrompt, un frisson lui traverse la poitrine. L'une des places de parking en face de chez elle est occupée par la Dacia de Damien. « Je dois raccrocher, murmure-t-elle. Je te rappellerai quand j'aurai les idées plus claires. »

Damien descend d'un bond. « Leila ! » Il s'interpose entre elle et la porte de la maison. « C'est quoi ce bordel ?

— Pousse-toi, Damien.

— Giorgio m'a dit que tu es allée voir Cindy Maréchal. Que tu veux tout balancer.

— Tu m'as menti l'autre soir. Tu m'as juré qu'il n'y avait plus de secrets. » Elle sort les clés de sa poche. « Maintenant, laisse-moi entrer.

— Si la proc arrive à prouver qu'ils faisaient la course, mon fils est foutu. Sans parler de l'argent que la famille d'Éric réclamera.

— Laisse-moi passer, s'il te plaît. »

Il lui arrache les clés des mains. « Tu veux détruire mon fils ? Le foutre en prison et le noyer sous les dettes ? Fais gaffe, car je peux faire pareil avec Giorgio et toi. Je le connais depuis vingt ans, je sais comment il a monté sa boîte : les revenus non déclarés, les magouilles comptables... je vais vous coller le fisc au cul. Et ensuite, peut-être que je raconterai à Giorgio ce qui s'est passé entre nous.

— Il ne s'est rien passé entre nous ».

Damien fait une grimace. Il sort son paquet de Camel. « Cela dépend de ta définition de *rien*. Ce Sicilien de Giorgio, nous savons tous les deux comment il voit le monde. Il est resté coincé cent ans en arrière. L'homme peut pécher, mais la femme...

— Tu le raconteras aussi à *ta* femme ? En même temps que toutes les aventures dont tu m'as parlé à l'époque ? »

Il allume une cigarette. « Faustine m'a épousé en sachant qu'elle devrait tolérer quelques escapades. »

Une portière claque. Le pick-up d'Henry est apparu à côté de la Dacia. « Tout va bien, Leila ? J'ai essayé de t'appeler. »

Damien ricane. « Regardez-moi ça. Bravo, Leila, tu en devais une à Giorgio, après tout.

— Leila ? » répète Henry.

Damien s'avance vers lui. « Tu vois pas qu'on est en train de parler ?

— Je vois aussi des clés qui ne t'appartiennent pas dans ta main.

— C'est bon, dit Leila. Je le connais, ne t'inquiète pas. »

Henry ne décolle pas le regard de Damien. « Tu devrais au moins lui rendre ses clés, non ?

— Tu es sourd ou quoi ? Elle a dit que c'était bon. » Il tapote son index sur la poitrine d'Henry. « Maintenant, barre-toi, tu repasseras voir ta copine plus tard.

— Henry, s'il te plaît, dit Leila, n'empire pas les choses. »

Il lève les mains. Il s'éloigne calmement, un pas après l'autre, presque au ralenti.

« Tu te crois drôle ? » dit Damien en le poussant.

Henry soupire. Il se remet à marcher, au même rythme. Damien le pousse à nouveau, la casquette d'Henry s'envole.

« Touche-moi encore une fois et tu verras ce qui se passe. »

Damien sourit, une étincelle dans les yeux. Il lâche sa cigarette et se jette sur Henry. Les deux hommes luttent, Damien parvient à placer un crochet.

« Ça suffit ! » crie Leila.

Ils tombent au sol, Damien à califourchon sur son adversaire, un coup pour percer sa garde, un deuxième, un troisième.

Leila tente de les séparer, Damien la repousse violemment. Il reprend son souffle, puis il lève son poing comme un marteau. Avant qu'il puisse frapper, Henry contracte son abdomen et enfonce son front dans le nez de Damien. Il l'attrape par son t-shirt et lui assène un coup de poing à la mâchoire. Damien reste allongé, haletant, les coudes sur l'herbe. Henry se touche le sourcil, regarde ses doigts tachés de rouge. Il fixe son adversaire de haut en bas. « T'en as eu assez ? »

Damien le suit des yeux, mais ne dit rien.

« Rends-lui les clés. »

Il fouille dans sa poche et les lance à Leila. Henry lui tend la main.

« Va te faire foutre », dit Damien. Il se lève et crache un mélange de sang et de salive. « Souviens-toi de ce que je t'ai dit, lance-t-il à Leila entre ses dents. Tu vas te taire, ou je te jure que tu le payeras très cher. » Il pointe son doigt vers Henry. « Et entre nous, ça s'arrête pas là. »

Il titube vers le parking, ouvre la portière et se laisse tomber sur le siège. Il démarre, son portable collé à son oreille.

« Leila ? » murmure Henry.

Elle le fixe, de la déception dans le regard. « Va-t'en aussi, s'il te plaît.

— Je suis désolé, je ne pensais pas...

— Je t'avais demandé de ne pas t'en mêler. »

Henry essuie le sang sur son arcade. « Je sais, tu as raison. » Il secoue la tête et se dirige vers son pick-up.

Leila reste sur le seuil jusqu'à ce que la lumière des phares disparaisse dans la nuit.

*

Leila prend une bouchée de riz. Elle a de la peine à l'avaler. Ses mains tremblent encore, son estomac se contracte au contact de la nourriture.

Elle allume son ordinateur et ouvre les photos collectées lors du voyage d'Alex en Asie. Certaines proviennent des réseaux sociaux, d'autres ont été envoyées par Alex à Giorgio : l'arrivée à Bangkok, le trek dans les montagnes de Chiang Mai, le voyage en bateau jusqu'aux îles. Alex souriant, bronzé, les cheveux éclaircis par le soleil. Sous l'une de ces photos, Alex avait écrit le mot *liberté* en lettres majuscules.

Elle ferme le dossier et lance une recherche sur Internet : elle tape les noms des prisons de la région, et clique sur l'image d'une cellule.

Une grande fenêtre, l'ombre des barreaux sur un sol jaune. Le lit est long et étroit. Une armoire sans portes, un bureau et une petite télévision dans un coin du plafond. Une cloison cache des toilettes en acier.

Elle regarde l'heure. Quarante minutes se sont écoulées depuis que Damien est parti, l'orgueil blessé et le téléphone à l'oreille. S'il a appelé Giorgio pour lui dire où elle se trouve, son mari est certainement déjà en route.

Elle enfile une veste et enfourche son vélo. L'air du soir est doux, à peine humide de pluie, le ciel ressemble à un tapis d'étoiles se reflétant sur le lac. La seule trace de l'orage de l'après-midi, ce sont les flaques d'eau qui l'obligent à slalomer sur le chemin.

La porte de la caravane de Marcel est fermée, du reggae résonne à l'intérieur. Devant le mobile home d'Henry, une lanterne éclaire une table avec une pizza à emporter et deux canettes de bière.

Henry regarde le lac. Sa casquette maintient son visage dans l'ombre. « T'étais pas obligée de venir.

— Je suis désolée pour ce qui s'est passé. Mais je t'avais demandé...

— Je sais. J'aurais dû partir. C'est qui, ce type ?

— Le père de l'autre garçon impliqué dans l'accident. Il aime chercher la bagarre, je l'ai vu faire je ne sais combien de fois.

— J'avais qu'à l'ignorer. Je pensais avoir franchi le cap, en avoir fini avec ces conneries. Il y a trois ans, quand je suis revenu des Philippines, je me suis dit que j'allais essayer de devenir quelqu'un de meilleur. Mais apparemment, je pense toujours que la violence est un bon moyen de résoudre les problèmes. » Il boit une gorgée de bière et s'essuie du revers de la main, grimaçant de douleur. « Je ne peux pas en vouloir à ce type s'il pense la même chose. »

Leila s'accroupit devant lui. Une coupure suit la ligne de son sourcil et l'œdème pèse sur son œil. « Tu devrais désinfecter ça.

— Je le ferai plus tard. » Il secoue la bière, un fond de liquide fait tinter l'aluminium. Il penche la tête en arrière et boit.

Leila lui tend la main. « Viens avec moi. »

Dans la salle de bains, elle trouve un flacon de désinfectant vide, des tampons d'ouate et des pansements, tous de formes et de couleurs différentes. Elle poursuit sa quête dans la cuisine, où elle déniche deux doigts de vodka dans une bouteille à l'étiquette décollée par le temps.

Henry se laisse soigner. Alors que Leila lui applique le pansement sur le sourcil, son portable vibre. Elle sort du mobile home, répond, mais ne dit rien.

« T'es où, bordel ? » s'écrie Giorgio.

Leila fixe les lumières tremblantes de l'autre côté du lac. Elle écoute les bruits de la nuit mêlés aux tambours de reggae provenant de la caravane de Marcel.

« Si t'es là, ouvre. Sinon, dépêche-toi de revenir ici. Ne m'oblige pas à... »

Leila raccroche. Elle se retourne et voit Henry sur le seuil, coupé en deux par la lumière de la cuisine. « D'autres problèmes ?

— Non, aucun problème. Mais je n'ai pas envie de retourner chez moi. Ça te dérange si je dors ici ? »

20

Leila ouvre les yeux sur les gouttes de pluie recouvrant la fenêtre. Le ciel est teinté des couleurs de l'aube. Elle ne se souvient d'aucun rêve, seulement de l'image d'une cellule de prison, la lumière du soleil imprimant l'ombre des barreaux sur le sol.

Elle tend la main pour allumer la lampe sur la table de nuit et ses doigts rencontrent un livre.

Pourri Brûlé, Séverine Sutcliffe. Elle se souvient l'avoir vu dans la bibliothèque du salon lors de sa première visite. Les pages sont truffées de commentaires au crayon, de passages soulignés et de points d'interrogation. Une enveloppe pliée en deux fait office de marque-page. Elle glisse son doigt sur les reliefs des timbres, jusqu'à l'adresse :

Poblacion
Opol, Misamis Oriental
Philippines

Sur la page de titre, elle découvre une dédicace : *Si tu étais ici, peut-être que cette histoire n'existerait qu'à l'intérieur de toi. Avec amour, Martine.*

Un bruit de porte : Henry est debout. Elle le rejoint à l'extérieur du mobile home.

« Bonjour », dit-il. Il est assis à table, un verre d'eau à la main. « Tu as bien dormi ? »

Leila bâille. L'air frais chasse le sommeil de ses yeux. « Je me sens coupable de t'avoir piqué ton lit.

— Le canapé est plus souple que mon matelas : c'est mieux pour mon visage cabossé.

— Ça te fait encore mal ?

— J'ai connu bien pire. »

Leila s'assoit et pose *Pourri Brûlé* sur la table. « Je l'ai trouvé dans ta chambre. Jacques m'en a prêté un exemplaire il y a quelques jours. »

Henry fronce ses sourcils. « Vraiment ?

— De la littérature locale, il a dit.

— Mais il ne t'a pas dit qui l'a écrit, j'imagine.

— Il a expliqué que si un auteur choisit un pseudonyme, il ne faut pas chercher plus loin. Mais j'ai vu la dédicace dans ton exemplaire. »

Henry hausse les épaules. « C'est un secret de polichinelle par ici. Tu l'as lu ?

— D'une traite.

— Elle avait une belle plume, ma mère. Pourtant, Jacques jure qu'elle n'avait jamais rien écrit auparavant. Ça doit être qu'elle lisait beaucoup.

— C'est vrai, ce qu'elle raconte dans le livre ?

— Beaucoup de gens se sont mis en colère quand il est sorti. En général, quand les gens crient au mensonge, c'est qu'on n'est pas très loin de la vérité.

— J'aimerais en savoir plus sur l'histoire. Remplir les trous.

— J'ai bien peur de ne pas pouvoir t'être très utile.

— Pourtant, la dédicace... le bébé qui naît à la fin du livre, c'est toi, non ? »

Henry sort du tabac de sa poche et roule une cigarette. « Un jour, aux Philippines, j'ai ouvert la boîte aux lettres et j'ai trouvé une enveloppe qui avait traversé l'océan. À l'intérieur, il y avait *Pourri Brûlé*. Un peu plus tard, j'ai reçu une lettre de Jacques. Il m'annonçait que ma mère était devenue aveugle à cause du diabète et qu'elle ne serait plus de ce monde pour longtemps. Je suis rentré à temps pour lui tenir la main sur son lit d'hôpital. Mais nous n'avons pas pu parler beaucoup du livre, et Jacques ne veut pas aborder le sujet. Tu l'as sûrement remarqué : entre lui et moi, ce n'est pas l'amour fou.

— Je l'ai remarqué. Comment ça se fait ?

— J'ai grandi dans une famille d'accueil jusqu'à l'âge de sept ans. Entre-temps, ma mère a rencontré Jacques. Ils ont vécu ici et là, y compris une période à l'étranger, jusqu'à ce qu'ils reviennent dans la vallée et se marient. Ils ont retrouvé une vie plus ou moins normale, ont arrêté de boire et de prendre d'autres saloperies. Ma mère a tout essayé pour me récupérer, et elle a fini par y arriver. Mais ce n'était pas une bonne idée. J'étais compliqué, et eux n'étaient pas équipés pour élever un enfant. Après un an, ils ont rendu les armes, ils m'ont confié aux parents de Jacques. J'y suis resté jusqu'à la mort de sa mère, puis je suis retourné chez Martine et Jaques. J'avais quatorze ans et j'étais une tête brûlée. On se disputait tout le temps, Jacques et moi, on en venait aux mains. J'ai fait quelques fugues – même si “fuguer” est un bien grand mot, ce n’est pas comme si quelqu’un me retenait. Finalement, j’ai trouvé un apprentissage de mécanicien et j’ai quitté la maison pour de bon. Malheureusement, ça n’a pas duré longtemps. »

Le soleil de l’aube se cache derrière un nuage et les yeux clairs d’Henry se voilent. Un tremblement secoue sa pomme d’Adam. Il se lève et rentre dans le mobile home. Il revient avec du lait, deux bols et une boîte de céréales. « De l’essence », dit-il.

Leila pousse le livre pour faire place au petit-déjeuner. « J’ai de plus en plus envie de le traduire, tu sais ?

— Le traduire ?

— En allemand. Il y a déjà un éditeur intéressé.

— C’est un bon roman, qui mérite d’être lu. Mais le traduire, ça ne doit pas être un travail facile. Il y a beaucoup d’expressions régionales, à commencer par le titre. Je ne sais pas s’il est possible de le traduire littéralement. »

Henry mélange les céréales et le lait dans son bol. « Je peux t’emmener le voir, si tu veux. »

*

Henry se gare derrière des troncs d’arbres empilés contre une paroi rocheuse. Ils semblent s’étendre à l’infini. Par la fenêtre du pick-up, Leila entend le bruissement du ruisseau et le bruit des scies mordant dans le bois.

« À l’époque, cette scierie appartenait à la famille de ma mère, explique Henry. C’est celle dont elle parle dans le roman. Aujourd'hui, ses frères sont tous morts. Leurs fils ont géré l'entreprise pendant quelques années, puis ils se sont engueulés et l'ont vendue. Je viens toujours ici quand j'ai besoin de bois pour mes travaux. »

Ils descendent et se dirigent vers l'entrée.

« Tu viendrais même si la scierie était encore aux neveux de ta mère ?

— Je ne sais pas. J'aime penser que je juge les gens pour ce qu'ils sont, pas pour les défauts de leurs parents. Mais j'aime aussi penser d'autres choses, à propos de moi-même. Et après je me retrouve dans des situations comme celle d'hier soir. »

Le propriétaire enlève son casque antibruit et serre la main de Leila, laissant sur sa peau un voile de sciure. Sa barbe noire est striée de gris. Le visage d'un quinquagénaire, l'énergie d'un gamin dans les yeux. « Suivez-moi », dit-il.

Leila frotte la sciure entre le pouce et l'index, libérant une odeur de résine. Les planches fraîchement coupées alignées le long des murs contrastent avec celles du bâtiment, assombries par le temps. Le sol vibre au rythme des machines et de la rivière qui coule sous leurs pieds.

« Voilà des planches défectueuses, dit le propriétaire. Quand on travaille avec du massif, la perfection n'existe pas. Pour cela, il faut du reconstitué, mais ce n'est plus du vrai bois. »

Il montre une planche obtenue en sectionnant un tronc dans sa longueur. « Ce n'est qu'en ouvrant un arbre que l'on peut connaître son histoire. La cime de celui-ci s'est cassée, à un moment donné. Mais une branche, dit-il en désignant une bifurcation des veines, a créé une nouvelle cime. Heureusement que je n'ai pas scié le tronc pour en faire des poutres, sinon j'aurais pu tout jeter. »

Il sort une autre planche de la pile. « Celle-ci est malade de pourri brûlé. » Il indique des taches sombres et allongées, ressemblant à des brûlures. « C'est la pire pourriture possible, car elle saute d'un endroit à l'autre. Il y a de la pourriture, du bois sain, à nouveau de la pourriture. On ne peut rien faire avec un tel bois.

— Ça n'existe qu'ici ? demande Leila. Dans les arbres de la région ?

— Je crois, oui. En tout cas, je n'en ai jamais entendu parler ailleurs. »

Une fois l'explication terminée, Henry sort son carnet. « Tant qu'on y est, il me faudrait des planches pour isoler un mur avec de la laine de verre. »

Leila attend à l'extérieur, assise sur un tronc. Elle se demande quels secrets il va révéler une fois que les scies l'auront ouvert.

Elle prend son courage à deux mains et compose le numéro de Giorgio.

« Tu campes toujours devant mon appartement, lui demande-t-elle, ou je peux rentrer chez moi ?

— Il faut que tu arrêtes tes conneries, Leila. J'ai discuté avec l'avocat. Si tu ne veux pas me parler, fais-le avec lui. Il te fera peut-être entendre raison.

— Je ne veux pas parler à l'avocat. Je veux parler à Alex.

— Je t'ai déjà dit qu'il n'en avait pas envie.

— Je sais qu'il n'a pas envie de me voir. Mais il n'a pas le choix cette fois. »

Une pause, puis : « D'accord. Viens ici, asseyons-nous autour de la table et parlons-en. On va voir si t'es capable de tenir tes propos délirants en nous regardant dans les yeux.

— Je regarderai ceux d'Alex. Les tiens seront loin. Comme ça, il dira peut-être ce qu'il pense, au lieu de te servir de marionnette.

— J'essaie juste de l'aider ! Nous sommes seuls contre tous dans cette affaire. Tu sais qu'à cause de toi, Damien aussi s'est dressé contre nous ? Il m'a même fait du chantage, tu te rends compte ?

— Je sais, il a fait pareil avec moi.

— Et tu t'en fiches ? Il ne s'agit plus seulement de notre fils. Il s'agit de nous. De nos économies, de nos vies. »

Henry et le propriétaire sortent de la scierie et se serrent la main.

« Alex et moi, seuls, dit Leila. J'attends de ses nouvelles. »

Elle inspire et tente d'afficher une expression sereine. Henry lui montre une planchette en bois brut couverte de chiffres écrits au feutre : taille, prix, total. « Des factures comme ça, tu les trouves nulle part ailleurs. »

Il s'assied sur le tronc à côté de Leila. « Alors, ça t'a été utile ?

— Très utile. Mais je ne comprends toujours pas le sens du titre. Par rapport au contenu du livre, je veux dire. »

Henry caresse le tronc, une fourmi grimpe sur son index.

« Pendant longtemps, j'ai été rongé par la rancune : j'en voulais à ma mère, à Jacques. Quand j'ai lu le livre, elle a disparu. Seule une grande tristesse est restée. D'un côté, j'aurais préféré que Martine m'ait tout raconté quand j'étais jeune ; mais je pense qu'elle n'a compris que plus tard à quel point ces expériences l'avaient affectée. Le fait d'avoir grandi ici, dans sa famille de machos, lui a fait pousser une première tache noire à l'intérieur. Les abus qu'elle a subis à cause de son désir de vivre libre, une deuxième. Sa mauvaise réputation imméritée, une autre. L'institut, la grossesse, le retour à l'institut. Quand elle s'est mariée, elle pensait être assez solide pour me reprendre, pour m'élever. Mais elle se trompait.

— Cette phrase à la fin du livre. Ce *je suis désolée*, c'est à toi qu'elle s'adresse. »

Les yeux d'Henry brillent. « Je suis revenu des Philippines juste à temps. Pour lui tenir la main, lui dire qu'elle n'avait pas à s'excuser. » Il pose son doigt sur le tronc pour laisser descendre la fourmi. « Mais peut-être que je me creuse trop la tête. Peut-être que le titre *Pourri Brûlé* n'est qu'un clin d'œil à la région. Viens, je te raccompagne. »

*

Le message d'Alex arrive deux heures plus tard.

Je t'attends à la maison demain matin à onze heures. Papa ne sera pas là.

Leila a une sensation de vertige. Elle s'assoit dans le jardin et essaie de se rappeler la dernière fois qu'elle a reçu un message de son fils. La dernière fois qu'ils se sont arrêtés pour se parler, ne serait-ce qu'un instant.

Elle essaie d'imaginer leur rencontre du lendemain : le salon, le tic-tac de l'horloge murale, les plaids froissés sur le canapé que personne – y compris elle – ne replie après les avoir utilisés ; la table de tant de déjeuners et de dîners où, au cours de l'année dernière, elle a vu Alex se gaver, les yeux rivés sur son portable, pour ensuite abandonner son assiette sale et retourner dans sa chambre. Elle se demande si demain ils s'assiéront à leurs places habituelles, elle en bout de table et Alex à sa droite, ou s'ils se feront face. Elle essaie de réfléchir à ce qu'elle va lui dire, mais les mots se mélangent et l'image du salon se dissout, laissant place au visage d'Alex, non plus âgé de 23 ans, mais enfant. L'enfant devient nouveau-né, un corps mince et pâle, protégé par le plastique de la couveuse. Puis le dos de Leila se cambre, elle revit son accouchement, ces lames enfoncées dans son dos, ces mains invisibles lui déchirant les entrailles. Finalement, elle voit Giorgio, le visage encore jeune, ses yeux brillants en apprenant qu'il va devenir papa.

Elle essuie ses larmes. Elle fait le vide dans sa tête et tente de s'endormir dans la chaleur de l'après-midi, mais elle est réveillée par un appel de Zoé.

« Leila ? Je viens de parler avec la procureure. Elle a décidé de clore l'enquête et de formuler l'accusation. Mais avant cela, elle veut te parler. Elle dit que si tu as quelque chose à ajouter, c'est ta dernière chance.

— J'ai réussi à convaincre mon fils de me rencontrer. Je le verrai demain matin. Tu crois que Morel peut attendre ?

— Je pense que oui.

— On devra se rendre au Palais de justice ?

— Pas forcément, mais il faut absolument que je sois avec toi. Tu préfères lui parler au téléphone ?

— Oui, ça serait mieux.

— Alors, tu peux venir à mon cabinet. C'est à deux pas de ma maison, à Malvillard. Je m'occupe de tout et je te confirme, d'accord ?

— Attends, dit Leila. Il y a encore une chose, c'est à propos de Damien Wichs, le père de Xavier. Il a appris que j'avais contacté Cindy et il m'a menacée.

— Menacée ?

— Il a découvert où j'étais en se connectant à mon compte e-mail. Il m'a dit que si je parlais de Cindy aux autorités, il nous le ferait payer, à Giorgio et moi. » Elle lui explique les accusations de Damien à propos de la société de son mari, de l'argent au noir, des comptes falsifiés.

« A-t-il des preuves concrètes ?

— Je n'en ai aucune idée. Mais Giorgio et lui sont – étaient – très proches. J'imagine qu'ils se sont confié pas mal de choses au fil des années.

— Il n'en reste pas moins que le chantage est illégal. Tout comme pénétrer dans une messagerie privée, même en ayant le mot de passe. Ce ne sont pas des armes létales, mais si Damien réitère ses menaces, cela vaut la peine de lui faire savoir que nous les utiliserons contre lui.

— Peut-être que ce ne sera pas nécessaire. En tout cas, on en reparlera demain, quand j'aurai vu Alex.

— D'accord, faisons comme ça. »

Le silence s'installe pendant quelques secondes.

« Leila ?

— Oui ?

— N'oublie pas que dans un cas comme celui-ci, le bon choix n'existe pas. Au final, les réponses que tu cherches, tu dois les trouver à l'intérieur de toi. Personne ne peut t'aider. »

Leila marche vers la rive. Sa gorge se serre au passage de l'air chaud et chargé d'odeurs. Son t-shirt lui colle à la peau, ses tempes sont moites de sueur. Elle s'arrête pour observer le lac. Sur la rive opposée, la plage brille d'un éclat doré.

Leila vérifie la météo sur son téléphone : la température va atteindre 22 degrés, pour ensuite descendre autour de 14 pendant la nuit. Une idée lui vient, et elle appelle Henry.

« Tu n'aurais pas une tente à me prêter, par hasard ?

— Une tente ?

— Oui, et un sac de couchage. J'aimerais dormir sur la plage ce soir. »

21

Marcel sort de sa caravane, s'étire et bâille. « Henry n'est pas là, mais il a laissé ces affaires pour vous.

— Tu sais s'il revient bientôt ?

— J'espère pour lui que non. Il est monté en voiture avec une brune, un joli petit jouet. Un peu menue, mais avec deux bons arguments. Et bourrée de fric, à en juger par l'étoile sur le capot de sa bagnole. Je crois qu'elle est avocate.

— Le petit jouet a un nom, Marcel, elle s'appelle Zoé.

— Zoé, Sandra, Marie, Aline, peu importe, si ce boule sort de ce jean, c'est moi qui vais oublier comment je m'appelle. »

Leila sourit. « Si c'est ça ton approche, j'ai bien peur que tous les boules de la planète vont vouloir rester cachés.

— Vous seriez étonnée. Il y a quelques années...

— Les médailles, les hôtels et la queue dans le couloir. Tu m'en as déjà parlé.

— J'avoue que je suis sur une pente descendante. Étonnant, n'est-ce pas ? » Il montre sa caravane. « Quelle princesse pourrait résister à mon château ?

— Commence par ajuster tes stratégies de conquête. Tu verras que ça ira mieux.

— Vous avez peut-être raison.

— Je peux te demander un service ? J'aurais encore besoin de ta voiture demain.

— C'est en train de devenir un business rentable. Pas de problème, passez la chercher quand vous voulez.

— Et remercie Henry pour la tente, quand tu le verras.

— À propos d'Henry, vous avez vu l'état de sa tronche ?

— J'ai vu. Et je crains que ce soit en partie de ma faute.

— Votre faute ?

— C'est une longue histoire. »

Marcel hausse les épaules. « Au début, je me suis dit, voilà le karma dans toute sa splendeur : il me met une patate, il s'en prend une aussi. Puis j'ai vu ses mains et j'ai réalisé que l'autre gars ne doit pas se porter très bien. Alors j'ai remercié Dieu qu'avec moi, il se soit limité à un seul coup. Même s'il me fait la gueule depuis deux jours.

— T'aimerais que je lui en touche un mot ?

— Je vous remercie, mais vaux mieux pas. Ça lui passera. »

*

Leila plante le dernier piquet dans le sable. Elle place le sac de couchage dans la tente, avec les sandwichs et le vin, puis s'allonge sur une serviette et relève son t-shirt jusque sous les seins. Elle ferme les yeux, imagine la main chaude de Valérie posée sur son ventre, et replonge dans les souvenirs : son amie qui lui montre du doigt l'autre côté de la plage, où deux garçons ont monté une tente.

Quelques minutes plus tard, Henry la rejoint sur la plage. « Je voulais voir comment tu t'étais installée. Tu as besoin d'autre chose ?

— Tout va bien, merci. »

Il s'assied à côté d'elle. « Tu te souviens de mes soucis avec la maison de Jaques ? Le vendeur qui est revenu sur sa parole, l'autre offre...

— Oui, bien sûr.

— J'ai demandé à Zoé de m'aider à négocier. Je l'ai laissée faire, c'est un langage que je ne connais pas, fait de demi-mots, de sous-entendus... Bref : avec vingt mille de plus, on signe. Le problème, maintenant, c'est de les trouver.

— Cette maison est vraiment si importante pour toi ?

— C'est le seul lien qu'il me reste avec ma mère. Et j'aimerais en faire une partie de mon travail, pour les prochaines années : la rénover, transformer le garage et l'atelier en un deuxième appartement. Et peut-être que Jacques voudra bien m'aider. Il est encore très capable, quand il ne boit pas. »

Henry lève les yeux au ciel. « J'ai cette image en tête de nous deux en train de poser du carrelage dans la nouvelle salle de bains. Peu à peu, nous commençons à échanger quelques mots, à discuter. Ou peut-être que je me fais des illusions. Peut-être que tout ce qu'il dira, c'est " passe-moi le mètre ". » Il hausse les épaules. « C'est toujours mieux que rien, non ?

— Oui. Ça me paraît une très bonne idée.

— J'ai aussi pensé à toi, aujourd'hui. Zoé a à peu près ton âge et elle a toujours vécu à Malvillard. Il est possible qu'elle se souvienne de ton amie Valérie. Montre-lui la photo, peut-être qu'elle la reconnaîtra. »

Henry se lève et se dirige vers la rive. Il recueille une poignée de sable, la regarde glisser entre ses doigts. « Ton fils a accepté de te voir ?

— Oui, j'y vais demain matin. J'ai déjà demandé à Marcel pour la voiture.

— J'ai beaucoup réfléchi ces derniers jours : à l'accident, aux mensonges et à tout le reste. Pour ce que ton fils et son ami ont fait, il n'y a pas d'excuses ; même s'il s'agissait d'un jeu à la con pour eux, il est juste qu'ils paient. Pour ce qui est de brouiller les pistes et de cacher la vérité sur la course, en revanche... J'ai pensé à comment j'étais à vingt ans, à comment je fonctionnais. Et même si j'en ai honte, j'aurais aussi essayé de diminuer ma responsabilité. J'aurais aussi menti.

— À la police. Mais à ta mère ?

— C'est difficile pour moi de répondre, j'étais déjà parti de la maison à cet âge-là. Mais je pense que oui, je lui aurais menti aussi. Surtout à elle.

— Surtout ? »

Henry soupire. « J'aurais eu peur de la décevoir encore plus.

— Je crains que mon opinion soit le cadet des soucis d'Alex.

— Je ne parierais pas là-dessus. J'ai grandi loin de ma mère, et les périodes où nous avons vécu sous le même toit ont viré à la catastrophe. Pourtant, chaque fois que je faisais un mauvais choix, je pensais à elle. Je te suggère juste de garder l'esprit ouvert. Il est normal de juger les gens en fonction des mensonges qu'ils racontent, des choses qu'ils cachent. Mais il faut aussi tenir compte de la façon dont ils réagissent quand la vérité les met à nu. »

Leila acquiesce. Elle sent ses yeux se mouiller de larmes.

« Quand tu lui auras parlé, dit Henry, passe me voir. J'ai quelque chose à te donner. »

*

« Désolée du retard, lance Surya en arrivant. La dame chez qui je loue la chambre m'a tenu la jambe pendant une demi-heure : elle dit que je consomme trop d'eau et trop d'électricité, qu'elle veut augmenter le loyer. Si elle pense vraiment que je vais payer pour ses douches de trois heures et pour la lumière qui reste allumée quand son mari s'endort sur le canapé, elle se trompe grave. »

Leila lui sert un verre de vin, Surya boit une gorgée en regardant le paysage. « Pas mal comme lieu de pique-nique. Et cette idée de camping, elle vient d'où ?

— J'ai vu qu'il ferait beau temps ce soir, et j'ai saisi l'occasion. Ce lieu est très spécial pour moi.

— Tu parles de cet été où t'as bossé comme serveuse ? Si c'est si spécial, pourquoi tu n'es pas revenue avant ?

— J'avais commencé une nouvelle vie. Avec mon mari, et avec un enfant. Ce qui est arrivé ici appartenait au passé. Mais surtout, ça n'appartenait qu'à moi.

— T’avais quel âge ? Seize ans, c’est ça ?
— Quinze.
— Moi, j’ai peu de souvenirs importants de cet âge. Que s’est-il passé de si exceptionnel au cours de cet été ?
— Beaucoup de choses. Mon père venait de mourir et ma mère a dû se faire soigner dans une clinique pour se remettre de son chagrin. C’était la première fois que je me retrouvais seule, dans un endroit inconnu. Et puis, j’ai rencontré quelqu’un. »

Les yeux de Surya s’illuminent. « Tout s’explique !
— C’est arrivé ici, sur cette plage.
— Je veux connaître tous les détails. Raconte.
— Un après-midi, je suis allée me baigner le ventre vide... »

Leila prend son temps, elle décrit la scène comme si elle la revivait, seconde par seconde. Surya écoute, les yeux grands ouverts, les lèvres posées sur le bord de son verre.

« J’ai senti une main serrer la mienne, comme pour me dire que tout allait bien se passer. Après, un monsieur m’a ramenée sur la rive, juste à temps. »

Leila boit une gorgée de vin. « Valérie avait un an de plus que moi. Elle habitait Malvillard, mais profitait des vacances d’été pour venir au lac en train. Pendant les semaines qui ont suivi, nous étions inséparables. Mais elle a posé une condition : ne jamais parler de l’accident. Ne jamais la remercier. Elle se comportait comme si rien ne s’était passé, comme si nous nous étions rencontrées dans la file d’attente du marchand de glaces. Mais moi, j’éprouvais quelque chose de puissant, chaque fois que j'étais près d'elle. Ce n'était pas seulement de la gratitude. Je sentais comme un fil qui partait de mon cœur et le reliait au sien. C'est étrange de savoir que ta vie était en train de s'éteindre au fond d'un lac, et que pourtant t'es toujours là, le goût d'un Coca sur la langue, la chaleur du soleil sur la peau. Que sans la personne en face de toi, celle qui te sourit, qui rit de tes blagues… il n'y aurait plus rien. »

Surya se caresse le bras. « J'ai la chair de poule rien que d'y penser.

— Alors tu peux imaginer ce que je ressentais. »

Elle sourit. « Je m'attendais à une autre histoire, tu sais ? Un beau mec musclé, un béguin d'adolescente.

— C'était pas si différent, tu sais. Les jours passaient et je ne pouvais pas m'imaginer loin de Valérie. J'avais eu plusieurs amies, à l'école, en colonie de vacances, mais je n'avais jamais éprouvé un tel sentiment. Sa présence faisait battre mon cœur. Tout ce qu'elle disait me paraissait brillant. Chacun de ses gestes semblait fluide, parfait, comme si elle bougeait sur un rythme qu'elle seule pouvait entendre. »

Leila fait une pause. « Quand j'ai dû rentrer chez moi, je lui ai laissé mon numéro. Elle ne m'a jamais donné le sien, son père le lui avait interdit. Je pense qu'elle avait… des problèmes à la maison. Que c'est pour ça qu'elle s'enfuyait dans la vallée dès qu'elle le pouvait. Mais ce n'est qu'une supposition, Valérie refusait d'en parler. Bref, je n'avais aucun moyen de la contacter. Et elle ne m'a jamais appelée.

— Mais comment c'est possible ? Après tout ce que vous...

— Je me le demande encore aujourd'hui. Au début, j'ai fait des recherches, j'ai téléphoné à des gens d'ici pour voir si quelqu'un la connaissait, s'ils pouvaient m'aider à la retrouver. Mais ça n'a rien donné. »

Leila vide son verre. « Je n'arrivais pas à comprendre. J'étais même décidée à retourner à Malvillard, à montrer la photo de Valérie à tous les passants. Puis l'école a redémarré. La vie a repris son cours, et moi, j'étais une ado comme les autres. À cette époque, le temps me semblait éternel, mais en y repensant aujourd'hui, j'ai l'impression qu'il s'est écoulé en un clin d'œil. Seize, dix-sept, dix-huit ans, et me voilà assise à regarder un match de football. Sur le terrain, il y a le garçon qui deviendra bientôt mon mari. »

22

Les premières lueurs du jour filtrent à travers la tente. Leila caresse la toile, joue avec les gouttes de condensation en transparence, les regarde échapper à son toucher. Elle reste allongée encore quelques minutes, puis elle sort et se dirige vers la rive.

Elle avait fait la même chose cet été lointain, sur la pointe des pieds, pour ne pas réveiller les garçons qui dormaient dans la tente. Le ciel tournait au violet, le sable sous ses pieds était encore humide. Une caisse de bières vide, un radiocassette, une branche plantée dans le sable d'où pendait un bermuda beige. Valérie était assise un peu plus loin, les bras autour des genoux et les pieds dans l'eau. Des petits frémissements secouaient ses épaules.

«Tout va bien?» avait murmuré Leila.

Valérie avait reniflé et avait essuyé ses larmes. Elle avait esquissé un sourire.

« C'est rien.

— Tu sais que tu peux m'en parler.

— Je te dis que c'est rien. Viens, pose-toi ici avec moi.»

Leila avait obéi. Leurs épaules s'étaient touchées, la peau fraîche de Valérie l'avait fait frissonner.

«Je n'arrivais pas à dormir.

— Moi non plus.

— Je me sens un peu bizarre, en fait. »

Valérie avait posé sa main sur sa cuisse. « Ça n'a pas été bien ?

— Si. Je ne regrette rien, mais...

— Attends. Regarde d'abord le soleil se lever. Fais comme moi, mets tes pieds dans le lac. »

La piqûre de l'eau froide avait parcouru son corps, jusqu'aux tempes.

« Je sais que je t'ai répété mille fois de ne pas me remercier, avait dit Valérie, que tu ne me dois rien. Mais maintenant, je te demande une chose en retour : ne garde que les bons souvenirs de ces semaines, et ne te sens jamais coupable pour ce qui s'est passé cette nuit. Tu me le promets ?

— Bien sûr. Je te le promets. »

Valérie lui avait pris la main. Elles avaient regardé le soleil se détacher des collines.

« Allons-y, avait dit Valérie. Comme ça, quand ils se réveilleront, ils croiront nous avoir rêvé. »

*

Leila pose la tente et le sac de couchage sur le porche du mobile home d'Henry. Par la fenêtre de la chambre, elle aperçoit ses bras tatoués enlacés à l'oreiller.

Marcel l'appelle depuis sa chaise de camping, un joint à la bouche et un thermos de café cabossé à la main. Il fouille dans sa poche et lui tend les clés de la voiture. « Vous allez devoir faire le plein, il n'y a presque plus d'essence. »

Leila déplie une deuxième chaise et s'installe à côté de lui. « Je peux te faire un aveu ?

— Vous ne m'aimez que pour mon fric. Je le savais !

— J'ai vu ton nom de famille sur ton permis de conduire, et je t'ai cherché sur Internet. J'avoue que j'avais des doutes sur ton passé de champion. Mais maintenant que j'ai vu tes vidéos...

— J'ai fait des figures avec une planche aux pieds et ils m'ont filé des médailles. C'est tout.

— Je pensais que t'étais fier de tes exploits.

— Ça dépend des jours. Ce n'est pas comme si j'avais inventé un traitement pour une maladie rare, après tout.

— Et moi, alors ? J'ai traduit des milliers de pages de manuels techniques, de pub et de contrats. J'ai gagné ma vie, mais personne ne m'a donné de médaille. Et surtout, je n'avais pas une file d'admirateurs devant ma porte, prêts à faire des folies pour moi. »

Marcel laisse échapper un sourire. « J'ai peut-être un peu exagéré, avec cette histoire de file.

— Très peu de gens font des choses exceptionnelles.

— Surya m'a dit que vous avez une famille. Un fils, n'est-ce pas ? Ça aussi c'est un succès.

— Justement, je ne me plains pas de ce que la vie m'a offert.

— Vous voulez dire que je ne devrais pas me plaindre non plus ?

— Non. Je dis juste que j'ai vu tes vidéos et que j'ai été impressionnée. Je suis désolée pour ce qui t'est arrivé. Tu n'as vraiment pas eu de chance.

— Ce qui m'est arrivé arrive à beaucoup de sportifs. Bien sûr, ça a flingué ma carrière, mais... » Il éteint le joint dans le cendrier. « Je ne pensais même pas en avoir une, moi. Je vivais un rêve et je ne pensais à rien. Quand il s'est brisé, j'ai perdu mes repères. Au lieu de réagir, je me suis fâché contre le monde entier, jusqu'à ce que même mes potes en aient marre de moi. Maintenant, je me retrouve ici, je touche une alloc d'invalidité, j'aide Henry à faire des petits boulots et je vends son herbe. Là, l'été approche, et je devrais être heureux : la chaleur fait du bien à mon dos, et les Allemandes débarquent au camping. Mais je ne peux pas m'empêcher de penser que l'hiver reviendra, et...

— Attends une seconde. C'est à Henry, la marijuana ? »

Il hausse les épaules. « Je pensais que vous le saviez.

— Non, je savais pas.

— C'est la sienne. Mais je doute qu'il m'en donne encore à vendre. »

Leila observe sa lèvre, où une rougeur est toujours visible. « C'est pour ça que vous vous êtes disputés ?

— Pas vraiment. Le truc, c'est que quand j'ai rencontré Surya, elle ne voulait pas d'herbe, mais...

— Je sais. Elle m'en a parlé.

— Alors j'ai chopé les pilules chez un gars de Malvillard, je les ai même payées plus cher que ce que j'ai demandé à Surya. Je voulais juste la revoir. Quand Henry l'a découvert, il est devenu fou : si la rumeur se répand que je trafique ces merdes, les ennuis risquent de venir frapper à sa porte. Pour changer, j'ai été idiot. Si je dois être honnête, c'est pour ça que mon moral est à plat. Que je me fiche des médailles et du passé. Henry m'en veut toujours et... j'ai peur d'avoir gâché quelque chose entre nous. »

Il boit une gorgée de café et baisse les yeux vers ses pieds. L'ongle de son gros orteil dépasse de sa chaussette trouée. « Je n'ai pas d'autres amis. Il ne me reste plus que lui. »

*

Leila sèche ses cheveux face au miroir. Au lieu de les attacher en queue-de-cheval, elle les laisse libres sur les côtés. Elle masse son visage bronzé avec une crème, rajoute une touche de fond de teint, un peu de mascara. Pour la première fois depuis son arrivée dans la vallée, elle retrouve un reflet familier : la femme qui se présente au bureau chaque lundi matin, celle qui apparaît sur la photo du site de l'agence de traduction.

Dans la voiture, elle fouille dans les CD de Marcel et en choisit un au hasard. Elle conduit en laissant le vacarme des guitares perturber ses pensées.

Quarante minutes plus tard, la route prend des contours familiers, ses gestes au volant deviennent automatiques. Le cerveau anticipe le paysage au-delà de chaque virage, devinant les immeubles, le nouveau quartier de villas en construction, la salle de boxe où s'entraîne Damien Wichs, le centre de recyclage, le supermarché. L'allée de sa maison.

Elle se gare et se dirige vers l'entrée, essayant de calmer son rythme cardiaque. La porte s'ouvre. Alex lui tourne le dos et disparaît dans le couloir. Leila le retrouve assis à table, les doigts tambourinant sur le bois.

Il s'est coupé les cheveux. Sans la mèche qui étouffait la peau de son front, son acné s'est dissipée. Il caresse sa barbe poussant par plaques sur les joues et le menton. « Alors ? demande-t-il.

— Alors, j'aimerais écouter ce que tu as à dire.

— Tu n'es pas déjà au courant de tout ?

— Je veux l'entendre de ta bouche. »

Les yeux d'Alex rencontrent les siens. « Il est trop tard pour faire machine arrière, même l'avocat le dit. Nous préférons prendre le risque.

— C'est-à-dire ?

— C'était ce jour-là, n'est-ce pas ? Le jour où t'étais censée être au boulot. Tu as vu Cindy sur l'écran de mon ordinateur.

— C'est tout ce qui te vient à l'esprit ? Que ça s'est mal passé à cause d'un détail ?

— Si j'avais fermé la porte, on n'en serait pas là.

— Tu devrais arrêter de ne penser qu'à toi. Peut-être...

— Tu sais que Cindy avait fumé, ce soir-là ?

— Oui, elle me l'a dit.

— Et que c'était la sienne, l'herbe ?

— Ça aussi. Mais ça n'a pas d'importance.

— Si, ça en a. On roulait au-dessus des limites, c'est vrai. Xavier m'a rattrapé, je l'ai dépassé. Si Cindy y a vu une course, je n'y peux rien. Peut-être que si elle avait eu l'esprit lucide... »

Le cœur de Leila saute un battement. « Tu lui as fait faire une vidéo, Alex !

— Quelle vidéo ? » Il écarte les bras. « Il n'y a aucune vidéo. Et si tu dis à Cindy de témoigner, sache que nous resterons fidèles à notre version.

— À votre mensonge.

— Ce n'était pas une véritable course. Ça n'a duré que quelques secondes, et ça n'a rien à voir...

— Cindy m'a raconté une autre histoire. »

Alex se penche en avant. « Mais enfin, qu'est-ce que tu veux de moi ? Même si j'obtiens une liberté conditionnelle, il est possible que je me tape six mois, un an. Ça te suffit pas ? Tu veux me voir en taule jusqu'à mes trente ans, comme la proc ? »

Leila ne dit rien.

« Si le juge croit Cindy, c'est ce qui va se passer.

— Ça fait dix minutes qu'on est assis ici et tu n'as parlé que de toi. Tu n'as pas dit un seul mot sur Éric. »

Alex détourne son regard vers la télévision éteinte. « Tu veux que je dise quoi, que je suis désolé ? Tu penses que c'est pas le cas ?

— Je ne pense rien du tout. Je constate juste la façon dont tu te comportes. La façon dont ton père se comporte.

— Tu crois que je suis pas triste ? Que j'ai pas pleuré ?

— Tu pleurais pour Éric ou pour ton sort ?

— Si c'était pour les deux, ce serait grave ? J'ai pas le droit d'avoir peur d'aller en prison ?

— Bien sûr que si. Mais de la prison, on en sort. Éric

par contre... La procureure t'a montré les photos, n'est-ce pas ? »

Alex pince ses lèvres. « Oui, elle me les a montrées.

— Même devant ces images, tu n'as pas eu envie de dire la vérité ?

— Devant une technique pour me mettre la pression ? Je suis désolé pour Éric. Je me sentirai responsable toute ma vie, que tu le croies ou non. Mais je ne veux pas passer ma jeunesse dans une cellule.

— Pourquoi vous n'êtes pas allés vérifier après l'accident ? Vous vous êtes enfuis comme des lâches.

— Nous n'étions pas sûrs, combien de fois...

— Assez avec ces histoires ! Vous n'avez pas vérifié parce que vous ne pensez qu'à vous. Vous avez menti parce que vous ne pensez qu'à vous. Cela fait des années que tu ne penses qu'à toi, et je ne t'ai pas élevé comme ça. »

Son fils se lève d'un bond. « C'est ça le problème ? Que je ne suis pas comme tu voulais ? Toi non plus t'es pas comme je voudrais ! »

Leila se lève à son tour. « Bien sûr, tu n'apprécies que les gens qui te laissent faire ce que tu veux.

— Mais t'en sais quoi, de ma vie ? Tu t'en fous, tu ne vois que ce que tu veux voir. Tu sais quoi ? Va chez les flics. Balance-leur tout, peut-être que t'arriveras à me foutre en taule. Et après, tu seras heureuse ? »

Leila sent les larmes monter. « *Heureuse* ? Comment crois-tu que je pourrais être heureuse ?

— Alors, qu'est-ce que tu veux, bordel ?!

— Voir un peu de compassion ! Un peu d'humanité. Voir que tu te soucies des gens qui souffrent, qui souffriront toute leur vie.

— Et qui dit que c'est pas le cas ? Je dois me jeter par terre et chialer ? Aller voir la mère d'Éric et m'excuser à genoux ? »

Les jambes de Leila tremblent. Elle se rassied.

« Faisons comme ça, dit Alex. On oublie la proc et le juge. C'est toi qui décides : combien d'années je mérite ? Cinq ans ? Dix ? Vingt ? Dis-le-moi. Dis-moi, et je les ferai. Pour Éric, et pour avoir été un mauvais fils. »

Leila le regarde avec tristesse. « Ne mélange pas tout.

— Combien d'années, maman ?

— Et si c'était à toi de décider ? »

Alex s'essuie les yeux avec sa manche. « Qui y gagne si je croupis en prison ? Éric ? Si c'était l'inverse, si c'était lui qui m'avait renversé, je préférerais qu'il reste libre.

— C'est une façon un peu facile de faire face à la culpabilité. Et sa mère ? Sa petite amie ?

— Justement, qu'est-ce qu'elles y gagnent ? De la justice ? Pour moi, ça ressemble plus à de la vengeance. Et je peux le comprendre, de leur part. Je peux même comprendre que la procureure veuille faire de moi un exemple. La seule personne que je ne comprends pas, dans toute cette histoire, c'est toi.

— Et moi, je ne comprends pas pourquoi Giorgio et toi m'avez menti.

— Est-ce que ça aurait changé les choses ? »

Leila s'apprête à répondre, puis s'interrompt. Elle s'imagine assise à cette même table, le lendemain de l'accident, Giorgio et Alex la regardant fixement. *Il faut qu'on t'explique quelque chose...*

« On ne l'a pas fait par méchanceté, poursuit Alex.

— Bien sûr, vous l'avez fait pour mon bien, c'est ça ?

— Ce n'est pas ce que je voulais dire.

— Ce sont les mots de ton père, pourtant.

— C'est lui qui a eu l'idée de te cacher la vérité, mais j'étais d'accord. Moins il y avait de gens au courant, mieux c'était. Et puis...

— Et puis quoi ?

— Je savais que tu avais déjà une mauvaise opinion de moi... Que tu connaissais Éric, et que tu l'appréciais beaucoup. » Alex se tourne de profil et regarde par la fenêtre. Sa voix tremble. « Je pensais que comme ça, au moins, peut-être qu'un jour tu me pardonnerais. »

La gorge de Leila se serre. Sans s'en apercevoir, elle glisse la main vers celle de son fils. Ses doigts effleurent le cendrier posé au milieu de la table. Sur plusieurs mégots, près du filtre, apparaît le logo d'un chameau. Des Camel Light, pense Leila, et elle se sent vaciller. « Damien est venu ici ?

— Oui, hier soir. Pourquoi ?

— Il était avec ton père ? »

Alex hoche la tête. « Il y avait Xavier aussi. Ils sont tous très inquiets. Mais à mon avis, ils se trompent. Je comprends que tu te sois fâchée parce qu'on ne t'a pas dit la vérité. Et qu'alors tu sois allée la chercher toi-même. Mais je sais que tu ne parleras pas. Que tu ne diras rien à propos de Cindy.

— Tu en es sûr ?

— Oui, maman. J'en suis sûr. »

23

Leila s'assoit à une table de la boulangerie, la tête lourde et les os malmenés par les suspensions de la Twingo. Elle n'arrête pas de penser aux mégots de Camel dans le cendrier. Giorgio, avec son tempérament irascible et rancunier, n'est pas du genre à oublier des menaces, et encore moins à accueillir la personne qui les a proférées dans son salon comme si de rien n'était.

Surya lui sert une quiche avec un jus d'orange. « Tu ne vas pas me croire, dit-elle avec un grand sourire. Ce matin, j'ai reçu un coup de fil de mon directeur de thèse. Il a lu les chapitres que je lui ai envoyés et il est enthousiaste. Il les a transmis à un collègue qui monte un projet sur les impacts environnementaux de l'hydroélectricité, il y a peut-être une place pour moi. »

Leila essaie de mettre de côté sa mauvaise humeur et de partager le bonheur de Surya. « Sérieusement ? C'est super.

— Ce n'est pas tout : le projet est prévu en collaboration avec l'université de Reykjavík. Il s'étend sur trois ans, dont un que je pourrai passer en Islande. La seule condition est de terminer ma thèse avant la rentrée. Là, je n'ai plus d'excuses, il faut que je fonce ! Par contre, je dois absolument chercher un nouveau logement. J'en ai marre de ces deux cinglés. »

Le téléphone de Leila vibre. « Leila, vous êtes où ? demande Marcel dès qu'elle décroche.

— Au village, je me suis arrêtée à la boulangerie. Pourquoi ?

— Vous pourriez me ramener la bagnole ? Je viens de recevoir un appel de l'hôpital, il s'agit d'Henry. »

*

Leila s'arrête devant la buvette du camping, Marcel monte du côté passager. « Il faut que vous veniez avec moi », dit-il. Il tient un sachet avec des livres, une banane et une plaque de chocolat. « C'est Henry qui l'a demandé, il vient de me téléphoner. »

Leila démarre. « Il va bien ?

— Plus ou moins. Fracture de la clavicule et commotion cérébrale. Tourne à gauche, ensuite prends la route principale.

— Il t'a expliqué ce qui s'est passé ?

— Non, il a juste dit de lui apporter de la lecture et du chocolat. »

Leila se gare devant l'entrée de l'hôpital. Une infirmière les guide jusqu'au premier étage et frappe à une porte. « Monsieur ? Des visites. »

Henry est assis dans un lit à côté de la fenêtre. Un bandage sur son front, les cheveux comprimés dans un filet. « Attends un moment dehors », dit-il à Marcel, la voix étouffée par le pansement sur son nez. « Je dois parler à Leila. »

Il enfonce une paille dans une brique de jus de fruits et aspire. Il grimace. « Multivitaminé, râle-t-il. J'avais demandé à l'orange.

— Qu'est-ce qui t'est arrivé ?

— Une chose à la fois. Ce matin, quand il t'a donné les clés de la voiture, Marcel a laissé échapper une information. Tu te souviens quand je t'ai dit que je devais préparer cette maison pour l'arrivée de mes clients ? Allumer la chaudière et faire le ménage ? Ces clients vivent en Angleterre. Ils ne viennent que trois semaines au mois d'août. Le reste de l'année, la maison est vide. Je me permets d'utiliser leur cave. Comme lieu de stockage, tu comprends ?

— Oui, je vois.

— Si je pouvais me permettre d'acheter la maison de Jacques avec seulement mes économies et un boulot honnête, je serais le premier à être heureux. Mais ce n'est pas le cas. Quand le propriétaire a laissé entendre qu'il apprécierait une partie du paiement au black, j'ai vu une opportunité. J'avais déjà des contacts dans le milieu, et je me suis organisé. Voilà, je voulais que tu le saches. »

Leila regarde le visage tuméfié, l'attelle à l'épaule. « Je te remercie. Mais là, ce qui m'intéresse le plus, c'est de savoir ce qui t'est arrivé.

— Tu promets que tu n'interviendras pas ?

— Intervenir ? Qu'est-ce que...

— Il m'est arrivé ce qui arrive toujours quand on se fourre dans ces situations à la con : le type qui s'est fait tabasser revient, et il ne revient pas tout seul. »

Un frisson de rage s'empare de Leila. « Damien ?

— L'autre soir, j'aurais pu me casser comme tu me l'as demandé. J'ai été idiot et j'en paie les conséquences. Bien sûr, je me serais volontiers passé du trois contre un. Mais ça, c'est une autre histoire.

— La police est au courant, au moins ?

— Elle est au courant de l'agression, mais je n'ai pas donné de noms. Je vais en parler à Zoé : s'ils paient mes frais médicaux, ça se termine là.

— Et ils s'en sortiraient comme ça ?

— J'ai eu beaucoup de leçons dans ma vie, et je ne les ai pas toujours apprises. Peut-être que celle-ci est la bonne. Dis-moi, plutôt : t'as parlé à ton fils ?

— Oui, je lui ai parlé.

— Et tu as pris une décision ?

— Je pensais l'avoir prise. Maintenant, je n'en suis plus très sûre. »

Henry indique la chaise à côté du lit. Un pantalon taché de terre et de poussière pend du dossier. « Regarde dans la poche droite. »

Leila y trouve un trousseau de clés.

« Dans ma chambre, il y a un coffre-fort mural. Le code est 562315. T'as de quoi noter ?

— 56-23-15. C'est bon, je vais m'en souvenir.

— Ton fils a fait une chose impardonnable, mais...

— Mais ?

— Le fait est que le monde est plein de *mais*. Il est construit sur des *mais*. La loi aussi, même si elle ne peut pas tous les prendre en compte. Va chez moi et ouvre le coffre-fort. Tout sera plus clair.

— Je peux aussi te demander quelque chose ? C'est à propos de Marcel, je l'ai vu très abattu ces derniers jours. Il sait qu'il a fait une connerie. Tu pourrais être un peu moins dur avec lui...

— Être dur, c'est la seule méthode efficace. J'essaie de l'aider, je le prends avec moi au boulot. Même si avec son dos cassé, le pauvre, je ferais mieux de lui refiler l'argent à titre caritatif et le laisser à sa caravane. Mais cette fois, il a merdé pour de vrai.

— Je pense vraiment qu'il a compris le message.

— Je vais voir ce que je peux faire. La combinaison du coffre ?

— 562315.

— Quand tu l'auras ouvert, appelle-moi. Maintenant, fais entrer ce misérable. »

*

« Je ne le comprendrai jamais, Henry, dit Marcel en démarrant la voiture. Il boude pendant trois jours, puis il se fait casser la gueule et tout d'un coup il paraît presque de bonne humeur.

— En effet, il a un côté assez imprévisible.

— Après tout, lui aussi est un *hors saison*. »

Au camping, Leila tourne les clés dans la serrure. Ses pas résonnent tandis qu'elle se dirige vers la chambre – il lui semble que les matériaux du mobile home sont devenus plus fragiles, plus minces. Le vent fait trembler les fenêtres, les joints grincent.

Dans l'armoire, derrière les vestes et les pulls suspendus, elle trouve le coffre-fort. À l'intérieur, une montre – petit cadran, bracelet adapté à un poignet fin –, une bague, une liasse de billets pliés en deux sous un presse-papiers, une pile de documents.

Elle appelle Henry. « Voilà, j'ai ouvert le coffre.

— Bien. Sors le manuscrit. »

Leila observe la première page : *Pourri Brûlé, deuxième partie.*

« *Pourri Brûlé* est l'histoire d'une mère, dit Henry, avant qu'elle ne devienne mère. Le manuscrit que tu tiens dans tes mains, c'est l'histoire de l'enfant. Elle n'est pas encore terminée, mais je suis sur la bonne voie. La partie que j'aimerais que tu lises se trouve à la page soixante.

— Qu'est-ce qu'il se passe à la page soixante ?

— L'enfant va en prison. À dix-neuf ans, pour vol à main armée. »

24

Leila termine la lecture et observe le ciel sombre à travers la fenêtre du mobile home. Plusieurs émotions se mélangent en elle, elle peine à les remettre en ordre.

Marcel frappe à la porte. « Vous êtes toujours là ?

— Oui, je vais y aller maintenant. »

Il désigne la pile de papiers. « C'est quoi ça ?

— Une histoire qu'Henry a écrite.

— Une histoire ?

— Une sorte d'autobiographie. Tout à l'heure, tu as dit que tu ne le comprendrais jamais...

— Je le confirme, ce type est un mystère insoluble.

— Là-dedans, il y a deux ou trois indices. Quand il sortira de l'hôpital, demande-lui si tu peux le lire.

— Vous pouvez pas me faire un résumé ? Je n'ai pas lu de bouquins depuis des siècles.

— Ça sera une bonne occasion pour recommencer.

— On verra. Vous voulez que je vous raccompagne ? Ou vous avez l'intention de passer la nuit ici ? »

*

Leila fait bouillir de l'eau et ouvre un paquet de pâtes. La fatigue accumulée au cours des derniers jours commence à lui brouiller la vue. Elle se masse le front, mais son mal au crâne ne fait qu'empirer.

Assise devant l'ordinateur, elle fait défiler ses e-mails. Il y en a un de sa chef, Joséphine, qui lui demande des nouvelles. Un autre de la maison d'édition Alexandria Verlag.

Nous vous écrivons suite à notre contact avec les éditions L'Âge des Lumières, qui nous ont envoyé vos extraits. Nous vous confirmons notre envie de publier la version allemande de Pourri Brûlé. *En ce qui concerne notre calendrier éditorial, nous aurions un créneau disponible en janvier. Le manuscrit devrait nous parvenir avant le mois d'octobre. Pensez-vous que cela soit possible ?*

Leila imagine l'écran de son ordinateur se remplir de paragraphes, chapitre après chapitre, jusqu'au mot *fin ;* les relectures à la recherche de coquilles, le projet de couverture, le roman dans la vitrine des librairies. Puis tout disparaît, laissant place à une salle de tribunal. Joanna Morel d'un côté, Alex et Xavier assis au banc des accusés, la tête baissée.

Elle emporte le manuscrit d'Henry sur la mezzanine. Le style utilisé par sa mère dans *Pourri Brûlé* est poétique, riche en images, en odeurs, en sensations qui restent dans les tripes, et chargé d'une beauté qui contraste avec la tristesse de l'histoire. Celui d'Henry, en revanche, est sobre : des mots simples, des phrases courtes et tranchantes.

En relisant son texte, Leila se retrouve plongée dans un monde de voyous, de vols dans les maisons de vacances, de braquages de stations-service, jusqu'à cet assaut raté d'une bijouterie qui vaut à Henry sa première arrestation. Elle a l'impression d'entendre le brouhaha résonnant dans la cour de la prison, de ressentir dans ses os le froid des douches du matin, de voir le ciel découpé par les barreaux de la cellule.

Elle éprouve un frisson de liberté quand Henry est relâché, et son cœur souffre quand elle le voit retomber dans ses mauvaises habitudes, ses mauvaises fréquentations. Il est à nouveau arrêté, cette fois pour trafic de cocaïne. Vu ses antécédents, il risque une lourde peine, mais il a la chance de tomber sur un bon avocat commis d'office : Simon Vallancourt, le père de Zoé.

C'est là que le texte s'interrompt, suivi d'une note manuscrite.

Pour Leila : j'aimerais pouvoir te dire qu'à partir de ce moment-là, je me suis remis sur le droit chemin, mais ça serait un mensonge. Pourtant, grâce à Simon, quelque chose s'est débloqué. Et au fil du temps, j'ai fini par changer moi aussi. Simon m'a donné une seconde chance. Si je l'ai eue, je pense qu'Alex la mérite aussi. Peut-être qu'il saura l'utiliser mieux que moi.

Leila pose le manuscrit sur la table de nuit. Elle pense à Alex lorsqu'il était enfant, ses mains sur le bord de la table à manger, la tête levée et les yeux écarquillés, sa petite bouche formant les mots « Je t'aime, maman ». Elle pense à Éric Delacroix lui montrant son examen de français, le visage illuminé de satisfaction, *nous avons réussi, madame Capuozzo*. Elle pense à Giorgio le jour de leur mariage, jouant au foot avec ses petits cousins, et au moment où il l'avait rejointe dans la cuisine et avait posé sa main sur son ventre.

Elle se laisse emporter par les larmes, avant de téléphoner à Henry.

« Comment te sens-tu ? demande-t-elle.

— Mieux. Mais le médecin insiste pour me garder en observation jusqu'à demain. T'as lu mon texte ?

— Je l'ai lu.

— Et... ça t'a aidé ?

— Oui, beaucoup.

— J'en suis heureux.

— Il y a tant d'autres choses que je voudrais te dire, Henry. Mais là, je suis au bout de mes forces. Il faut que j'aille me coucher, demain matin j'ai rendez-vous chez Zoé.

— Je peux l'entendre à ta voix. On dirait que c'est toi, celle qui est allongée dans un lit d'hôpital. »

*

Leila pédale jusqu'au village et monte dans le train de neuf heures pour Malvillard. Vingt minutes plus tard, elle presse sur la sonnette à côté d'une plaque indiquant *Vallancourt et Bernard, Avocats*.

Une secrétaire aux cheveux crépus et au teint mat l'accueille avec un sourire et l'accompagne jusqu'au bureau de Zoé.

« Voilà ce que je pensais dire, fait Leila en lui tendant le papier où elle a rédigé sa déclaration.

— C'est parfait», dit Zoé après l'avoir parcouru. Elle pose le téléphone au centre du bureau et active le haut-parleur.

Leila essuie ses paumes humides sur son pantalon. Elle se concentre sur le rythme de sa respiration pour garder son calme.

«Maître Vallancourt? dit Joanna Morel.

— Bonjour, Madame la Procureure. Je suis ici avec Leila Capuozzo. Comme je vous l'ai annoncé, madame Capuozzo désire faire une déclaration au sujet de l'accident impliquant son fils Alex, et au sujet duquel, au cours des derniers jours, elle a été questionnée à plusieurs reprises par le ministère public.

— Merci, Maître, dit Morel. J'inscris cela au procès-verbal. Je vous écoute, madame Capuozzo.»

Leila déglutit, mais la salive reste bloquée dans sa gorge. Le visage de Zoé devient flou. La pièce semble s'étirer, les livres de la bibliothèque reculent.

«Madame Capuozzo?» répète Morel.

Zoé lui pose une main sur le poignet, lui tend un verre d'eau. Leila boit et se racle la gorge. «Vous m'avez demandé... Vous m'avez demandé si j'avais connaissance de détails qui pourraient remettre en cause ce que mon fils a déclaré lors des interrogatoires. J'ai répondu par la négative. Vous m'avez alors demandé de réfléchir, de prendre mon temps, et j'ai accepté.» Leila ferme les yeux. Elle laisse sortir les mots tels qu'elle les a préparés: «Je l'ai fait, et aucun autre élément ne m'est venu à l'esprit. Je souhaite donc clarifier ma position, afin d'éviter qu'il y ait le moindre doute. Je ne sais rien de plus sur ce qui s'est passé cette nuit-là. »

Zoé se penche vers le téléphone. « La déclaration est terminée, Madame la Procureure. »

De l'autre côté, le silence.

« Procureure Morel ?

— Je vous ai entendue, Maître.

— Très bien, alors je pense qu'il n'y a rien à ajouter. Je vous remercie pour votre temps.

— Merci à vous. Quant à madame Capuozzo, je suppose que nous nous reverrons au procès. »

Leila boit le reste de l'eau d'un trait. Zoé s'appuie contre le dossier de son fauteuil. « Maintenant que tu as pris ta décision, je peux te le dire : j'espère ne jamais me retrouver dans une situation comme celle-ci. »

Leila s'approche de la fenêtre. En bas, la rivière gronde, martèle les berges. « Henry t'a appelé de l'hôpital ?

— Oui. J'ai déjà fait le nécessaire, tout est réglé.

— Ils ont accepté de payer ses frais ?

— Sans faire d'histoires. Tu sais ce que Damien Wichs m'a dit au téléphone ? Qu'ils voulaient juste lui faire peur. Peut-être lui donner quelques gifles, rien de plus. » Poussant un soupir, elle détache ses cheveux et refait son chignon. « Mais Henry a encore fait son Henry, et ça a dégénéré. »

Leila retourne s'asseoir. « J'ai appris comment vous vous êtes rencontrés. Ton père était son avocat commis d'office.

— C'est ça. Je n'étais qu'une gamine à l'époque. Quand Henry est revenu dans la région, avec vingt ans de plus et couvert de tatouages, j'ai eu de la peine à le reconnaître. Mon père avait pourtant vu juste à son sujet.

— C'est-à-dire ?

— Il était convaincu que quelque part au fond d'Henry, il y avait un garçon au grand cœur. Je croyais que c'était son habituel baratin d'idéaliste. Il s'avère qu'il avait raison. » Elle sourit. « Henry a encore un sacré bout de route à faire, mais ses progrès sont encourageants. Si l'on efface les derniers jours, bien entendu. »

La secrétaire de Zoé frappe à la porte. « Madame Malinowski vient d'arriver.

— Déjà ? Fais-la patienter dans la salle de conférences, je la rejoins dès que j'ai fini. »

Elle se tourne vers Leila. « Désolée. Plusieurs rendez-vous se sont ajoutés ce matin.

— J'ose te voler encore quelques secondes ? Tu connais une certaine Valérie Rey ? Elle est de Malvillard, et doit avoir à peu près mon âge.

— Ce nom ne me dit rien...

— J'ai une photo, dit Leila en la sortant de son sac. Mais elle date de pas mal d'années. »

Les yeux de l'avocate s'écarquillent.

« Tu la reconnais ? »

Zoé effleure l'hématome violet sur le bras de la jeune fille. « Il faut que j'y aille maintenant. Dès que j'aurai fini avec mes clients, j'y réfléchirai. Je t'appelle dans l'après-midi. »

25

« Leila, bonjour, dit Jacques en ouvrant la porte. Entrez. »

La maison a meilleure mine que lors de sa première visite : plus de bouteilles vides éparpillées ici et là, la table libérée du bazar qui l'encombrait. La lumière du jour baigne le salon et éclaire les étagères remplies de livres.

« Je n'ai pas chômé, comme vous pouvez le voir, commente Jacques. Qu'est-ce que je peux faire pour vous ? Vous avez besoin d'un nouveau livre ?

— Je pense que je n'aurai plus beaucoup de temps pour lire, si je veux me concentrer sur la traduction de *Pourri Brûlé*.

— Vous étiez donc sérieuse l'autre jour.

— Plus le temps passe, plus je me dis que c'est exactement ce qu'il me faut en ce moment : un nouveau projet, pour m'occuper.

— J'espère vraiment que ça va marcher.

— Il y a encore une chose, Jacques. Henry m'a dit qui a écrit le livre. »

Il hausse les épaules. « Moi, je ne me sentais pas en droit de le faire : je respecte le choix de Martine d'avoir utilisé un pseudonyme. Si Henry pense différemment, je n'y peux pas grand-chose. De toute façon, lui et le respect n'ont jamais fait bon ménage.

— Je ne veux pas me mêler de vos affaires, mais vous m'avez avoué que votre vie était une suite de jours vides. Et Henry a des projets : il veut acheter cette maison, la rénover. Il aimerait le faire avec vous. Ça pourrait être une idée pour remplir vos journées, non ? »

Jacques fait une grimace. « Savez-vous combien de " projets " Henry a fait dans sa vie ? Et combien ont abouti ? Il doit remercier le ciel d'avoir pu hériter de mon travail, de mes clients. Quant à la maison, tant que je ne verrai pas son nom inscrit au registre foncier, ce ne sont que des paroles en l'air. »

Le téléphone de Leila vibre : Zoé.

« Je peux ? demande-t-elle à Jacques. C'est important.

— Bien sûr.

— Leila, dit Zoé, tu es chez toi ?

— Je suis juste à côté, chez un ami.

— J'ai terminé mes rendez-vous. Je me mets en route, j'ai quelque chose à te montrer. »

*

« Lorsque j'ai vu la photo, j'ai tout de suite reconnu la fille, dit Zoé, mais j'ai préféré vérifier, je voulais être sûre. Tellement d'années ont passé. Que sais-tu d'elle ?

— Pas grand-chose, en fait. Je l'ai rencontrée ici, j'étais serveuse au restaurant Les Trois Abeilles. »

Zoé pose la photo sur la table, indique l'hématome sur le bras de Valérie. « Et à propos de ça, elle ne t'a rien dit ?

— Elle ne voulait pas en parler. Mais je crois qu'elle avait des soucis à la maison. Elle voulait y être le moins possible, c'est pour ça qu'elle venait me voir presque tous les jours.

— Des soucis à la maison ?

— Elle vivait seule avec son père, je soupçonne qu'il la maltraitait. Aujourd'hui encore, je m'en veux de ne pas avoir dit quelque chose, de ne pas être intervenue. »

Les yeux de Zoe s'adoucissent. « Tu n'as rien à te reprocher. Son père était quelqu'un de bien, il n'a jamais maltraité personne. Ces taches apparaissaient d'elles-mêmes, spontanément. Ou alors il suffisait d'un petit choc. Ton amie était malade, Leila. Elle avait une leucémie. Elle est morte un an après cette photo. »

Leila sent ses poumons se vider. Sa tête tourne. Elle ferme les yeux, et des images volées aux moments passés avec Valérie défilent dans son esprit. Ce jour aux grottes de Malvillard, lorsque son amie lui avait tenu la main et l'avait aidée à surmonter sa crise de panique. Leurs chevauchées à vélo de la gare du village jusqu'à la plage, les bouteilles de Coca partagées sur la terrasse du restaurant... Et puis ce matin-là, sur la plage, Valérie qui pleurait en cachette, les pieds dans l'eau.

Un frisson se fraye un chemin jusqu'au cœur de Leila.

« Leila... dit Zoé en lui tendant un mouchoir, je suis vraiment désolée.

— J'étais sûre que quelque chose n'allait pas. Si elle ne m'a jamais rappelée, c'est qu'il y avait une raison.

— Son état s'était beaucoup aggravé au cours des derniers

mois de sa vie. Je ne la connaissais pas bien, j'étais plus jeune qu'elle, mais mon père s'est occupé de son cas. »

Elle pose un dossier brun sur la table. « La mutuelle refusait de prendre en charge certains traitements, jugés trop expérimentaux. Mon père s'est battu, mais quand ils ont commencé à céder, il était déjà trop tard. »

Elle sort un document avec une photo d'identité agrafée dans un coin. « Son vrai nom était Pauline Girard. Mais elle ne l'utilisait plus, elle en inventait toujours des faux. Quand elle a su qu'elle avait peu d'espoir de guérir, elle a changé son look, s'est coupé les cheveux, et a arrêté de se montrer à Malvillard. C'est une petite ville et elle ne voulait pas être " la fille malade ". Elle a disparu plusieurs fois de chez elle, parfois pendant des semaines. Il a fallu les supplications de son père pour éviter de nouvelles fugues. Après cela, elle ne s'éloignait plus que de quelques kilomètres, juste ce qu'il fallait pour échapper aux regards apitoyés de ses concitoyens. Elle venait souvent ici, dans la vallée.

— Où... où est-elle enterrée ?

— Au cimetière de Malvillard.

— Son père est encore en vie ? »

Zoé secoue la tête. « Il est mort il y a quatre ou cinq ans. Ça me fait mal au cœur de devoir t'apprendre tout ça. »

Leila essuie ses pommettes avec le mouchoir.

« Est-ce qu'elle savait déjà qu'elle était condamnée, quand on s'est rencontrées ?

— On pensait qu'elle vivrait encore deux ou trois ans. Mais finalement, elle n'a même pas eu droit à ça. »

26

Leila s'assoit sur un banc au bord du lac. Elle ne sait pas combien de temps elle a marché, les jambes bougeant toutes seules, le cerveau perdu dans les souvenirs.

Dans ces derniers, Valérie – Pauline – avait le sourire aux lèvres, des yeux brillants de vie. Mais il y avait toujours une ombre qui la guettait, qui était capable de l'emporter pendant quelques secondes. Son regard se fixait alors sur un point à l'horizon, sa bouche se fermait et un léger tremblement parcourait sa mâchoire. Juste assez longtemps pour que Leila lui demande si tout allait bien, s'il y avait quelque chose dont elle voulait parler, n'importe quoi, elle pouvait lui faire confiance. Puis, l'instant d'après, le sourire de Valérie revenait illuminer son visage. « C'est rien, disait-elle, ne t'inquiète pas. »

Elle l'avait dit aussi ce matin-là, sur la plage. Puis, elles s'étaient éloignées en silence, pour ne pas réveiller les garçons endormis. « Comme ça, ils croiront nous avoir seulement rêvées. »

Telle était la manière dont Valérie avait décidé d'apparaître dans la vie des gens : une brève incursion, un prénom inventé, puis elle se volatilisait.Elle ne voulait pas être Pauline, la fille malade. Elle voulait être Katia, Simone, Ophélie, Valérie.

Mais dans la vie de Leila, elle avait laissé une trace indélébile.

Leila quitte le banc et retourne à la maison, où elle a laissé son portable. Elle y trouve plusieurs appels de son mari, ainsi qu'un message. *Je suis en route. Il faut qu'on parle.*

Leila regarde le lac à travers la baie vitrée. Elle téléphone à sa chef à l'agence de traduction.

« Leila, je suis ravie d'avoir de tes nouvelles, dit Joséphine. Merci de t'être occupée de ce contrat, la semaine dernière. J'ai hésité à t'envoyer un autre petit boulot, puis je me suis dit, laisse-la tranquille.

— Comme je te l'ai expliqué avant de partir, ce n'est pas une période facile. Je ne veux pas entrer dans les détails, mais... il ne s'agit pas seulement de l'accident de mon fils. Je pense que j'ai besoin d'une vraie pause. Cela ne signifie pas...

— S'il y a une personne dans cette agence qui ne doit pas se gêner pour demander quelque chose, c'est toi. Mais que veux-tu dire par " pause " ?

— Je voudrais me consacrer à un projet personnel, j'aimerais traduire un roman.

— Un roman ?

— Oui. Je crois avoir déniché une pépite.

— C'est juste une idée ou...

— J'ai déjà traduit quelques pages, et il y a un éditeur intéressé.

— Ça m'a l'air d'être un défi fascinant.

— Idéalement, j'aimerais partager mon temps entre le

roman et l'agence. À condition que tu acceptes que je travaille à distance, bien sûr.

— J'ai quelques années de plus que toi, Leila. Je ne peux pas prétendre me mettre à ta place, mais j'ai aussi connu des moments difficiles. Je les ai souvent mal gérés. Prends ton temps : chez moi, la porte est toujours ouverte. »

Dehors, la lumière du jour commence à faiblir. Leila remet des pellets dans le poêle. Il ne lui reste que deux appels à passer. Le premier est pour la propriétaire de la maison. Le deuxième est pour Surya.

La jeune femme arrive peu après, essoufflée, le front moite de sueur. « Maudite curiosité, j'ai pédalé en mode Tour de France. Alors, que veux-tu me montrer ?

— Deux choses, en fait. La première est un détail, mais l'autre nuit, tu m'as donné une idée. »

Elle sort sa boîte de somnifères. « Ça aussi, c'est une drogue, et je suis en train de retomber dedans. »

Elle se rend dans la salle de bains, jette les comprimés dans les toilettes.

« Tu aurais pu le dire plus tôt, que tu avais des problèmes de sommeil. Je t'aurais proposé un remède naturel : quelques chapitres de ma thèse peuvent assommer un non-biologiste en deux minutes.

— À toi l'honneur », dit Leila.

Surya appuie sur la chasse d'eau. « Saluez mes Xanax de ma part, si vous les croisez.

— La deuxième chose, c'est que j'ai parlé à la propriétaire de la maison et... »

On frappe à la porte, si fort que Surya sursaute.

« Leila ? dit la voix à l'extérieur.

— C'est qui ? demande Surya.

— Mon mari. Reste ici, je reviens tout de suite. »

*

« Allons dans ta voiture, dit Leila. On ne va pas faire une scène au milieu de la rue.

— Et pourquoi pas dans ta maison ?

— Je suis avec quelqu'un. »

Un éclair traverse les yeux de Giorgio. Il penche la tête pour regarder dans la véranda, et voit que l'invitée est unc jeune femme. « Très bien, comme tu voudras. »

Une fois dans la voiture, les traits de son visage se détendent. « L'avocat m'a appelé, il a parlé à madame Vallancourt. Je savais que tu finirais par revenir à la raison. Mais il y a encore le procès, et la situation d'Alex reste compliquée. » Il soupire. « Alex t'a déjà expliqué pourquoi nous avons préféré garder certaines choses pour nous. Je suis désolé, Leila. Mais vu ce qui s'est passé par la suite, je ne le regrette pas. Je te connais beaucoup trop bien. Si tu ne veux pas croire que je l'ai fait pour toi, tant pis. Mais c'est la vérité.

— La vérité ?

— Je te le jure.

— Tu devrais trouver un autre mot. Celui-ci ne s'est jamais senti chez lui dans ta bouche.

— Je ne suis pas venu pour qu'on se dispute. Mais ne me

provoque pas, s'il te plaît. » Il se passe la main sur le visage. « J'espère qu'un jour on pourra mettre tout ça derrière nous. Je sais que ce ne sera pas facile. J'ai fait des erreurs, je l'admets, à commencer par ce jour où...

— Tu m'as "poussée" ?

— Tu as peut-être raison, j'ai un peu serré ton cou. Mais toi aussi, tu me dois des explications. Je veux savoir ce qui s'est passé ces derniers jours, dans cette maison.

— Qu'est-ce qu'il est censé s'être passé ?

— À toi de me le dire. Tes fréquentations, par exemple. Les types qui débarquent chez toi le soir, qui t'appellent par ton prénom, qui interviennent pour te défendre.

— Je n'ai rien à me reprocher.

— Je l'espère bien. Car Damien a dit...

— Ah oui, Damien. Il ne t'avait pas menacé, d'ailleurs, celui-là ?

— C'est réglé, ne t'inquiète pas. Je lui ai dit que tu ne parlerais pas, et ça l'a calmé.

— Mais ce n'était pas réglé il y a deux jours. Pourtant, Damien était à la maison, j'ai vu ses cigarettes. Tu dis que tu me connais bien, mais moi aussi je te connais. Tu n'es pas du genre à oublier des menaces si vite. Vous avez tout manigancé ensemble, pour me mettre la pression. Encore un mensonge – je ne les compte plus, désormais. »

Giorgio écarte les bras. « Tu veux que je te dise quoi ? Nous ne savions plus quoi faire. C'est toi qui as quitté la maison et qui as commencé à foutre le bordel. Nous avions le dos au mur.

— Tu as toujours une excuse toute prête. Pour chaque mensonge, une excuse. Et là, j'ai vraiment eu ma dose.» Elle tend la main vers la porte.

« Qu'est-ce que tu comptes faire ? Rester planquée ici ? Tu vas le regretter. Tu l'as déjà fait par le passé et tu es revenue frapper à ma porte, la queue entre les jambes. Attention, car cette fois-ci, tu pourrais la trouver fermée.

— Tu sais quoi, dit Leila en le regardant dans les yeux. Je vais prendre le risque.»

Leila sort de la voiture et se dirige vers la maison. Elle n'accélère pas le pas, garde la tête haute. Elle s'attend à entendre le bruit de la portière, à voir Giorgio bondir vers elle, lui saisir le bras. Au lieu de cela, il allume le moteur et démarre. Leila se retourne, juste à temps pour voir la voiture disparaître dans le virage.

Elle attend quelques instants avant de rejoindre Surya, le temps que les battements de son cœur reviennent à la normale, que la pression de ses larmes s'estompe.

«Tout va bien ? demande la jeune femme.

— Oui, ne t'inquiète pas. Je te raconterai tout ça une autre fois. Revenons-en à nous deux. La propriétaire a accepté de prolonger ma location. Elle est un peu perdante par rapport à ce que paient les vacanciers, mais au moins elle évitera l'habituel va-et-vient de clients tout l'été.

— Tout l'été ?

— En tout cas jusqu'en juillet, puis on verra. Mais il y a un problème. Je me suis habituée à dormir sur la mezzanine.» Elle ouvre la porte entre la cuisine et la salle de bains, révélant une petite chambre. « C'est dommage de l'utiliser comme débarras, non ? »

Surya se hisse sur la pointe des pieds et observe la pièce par-dessus l'épaule de Leila. « Dis-moi que tu ne plaisantes pas.

— Tu as dit que tu cherchais un nouveau logement où rédiger ta thèse en toute tranquillité. Et moi, j'aurai beaucoup de travail dans les mois à venir. Nous pourrions peut-être nous motiver l'une l'autre. »

Surya affiche une moue sérieuse et tend la main. « Marché conclu, collègue. Mais permettez-moi une question : quand vous dites " travail ", vous voulez dire... »

Leila ouvre son ordinateur et lui montre l'e-mail qu'elle a reçu de la maison d'édition.

« Mais c'est magnifique ! Tu leur as déjà répondu ?

— Pas encore. Je devais d'abord obtenir l'accord de ma chef.

— Et maintenant, qu'est-ce que tu attends ? »

27

Leila prépare un thermos de thé et le met dans son sac à dos avec son ordinateur, le livre de Séverine Sutcliffe et une couverture. Elle pédale jusqu'au camping avec le soleil du matin sur le visage. Le paysage lui est désormais familier, tout comme les bruits, les odeurs. Elle a l'impression d'être dans la vallée depuis des mois.

Henry est assis à l'extérieur du mobile home, la tête bandée. Le pansement sur son nez a disparu, laissant des traces de colle. Elle le salue et il répond par un grognement.

« Moi qui croyais que tu serais heureux de sortir de l'hôpital.

— Je suis juste inquiet. J'ai confié quelques travaux à Marcel. J'espère qu'il n'est pas en train de faire des conneries. »

Leila s'assoit à côté de lui. « Quand j'étais petite, à chaque fois que ma mère me demandait un coup de main à la maison, elle me disait de ne pas faire de bêtises. Et moi, à chaque fois, j'en faisais. Puis un jour, elle m'a juste demandé de l'aider. Et devine quoi ?

— Tu parles par paraboles, maintenant ?

— Ce n'est pas toi qui m'as fait lire un manuscrit entier, pour me faire passer un message ? »

Il fait le geste de lever les mains, mais son bras gauche reste bloqué par l'attelle. « Coupable.

— En tout cas, je voulais encore te remercier.

— Quand j'ai écrit ces pages, je pensais que la seule personne qui les lirait serait moi. Et peut-être Jacques, si jamais je trouve le courage de les lui donner.

— Peut-être que Jacques n'aura pas besoin de les lire. Peut-être que tu lui raconteras l'histoire de vive voix, pendant que vous rénoverez la maison. »

Il grimace. « Je dois d'abord l'acheter, cette fichue maison. Ne me fais pas penser à ça : j'ai la clavicule cassée, laisse-moi profiter d'une douleur à la fois.

— Tu m'as dit que le problème était d'obtenir ton crédit. Je peux peut-être te donner un coup de main.

— Quel genre de coup de main ?

— J'ai quelques économies, et une banque qui me connaît et me fait confiance. »

Henry indique la casquette posée à l'envers sur la table. « Je l'ai mise là parce que j'ai reçu un coup sur la tête. Pas pour demander la charité.

— Qui t'a parlé de charité ? Moi, je vois une propriété à cinquante mètres de la rive et un associé qui est doué pour le travail manuel. Tu as dit que tu voulais en faire deux appartements. Une fois rénovée, la maison va prendre de la valeur. Je ne suis pas une experte, mais il me semble qu'il y a pire comme investissement. »

Henry fixe la rive opposée. « Tu es sérieuse ?

— Très sérieuse.

— Vous, les étrangers, vous êtes tous pareils. Vous débarquez ici avec votre fric et vous nous volez nos terres.

— Que veux-tu, c'est le monde moderne. La globalisation. » Elle lui tend la main. « Alors ? On est d'accord ?

— Profiter d'un pauvre homme infirme.

— C'est ma meilleure offre, à prendre ou à laisser. »

Henry sourit et lui serre la main. « Je prends.

— Ah, encore une chose. Je ne veux pas critiquer tes sources de revenus, mais mon investissement inclut la main-d'œuvre. Et la main doit être libre pour pouvoir se mettre à l'œuvre.

— Avec nos économies et le crédit bancaire, on arrive au prix d'achat, non ?

— Et même de quoi commencer les travaux.

— Alors je n'aurai plus besoin d'autres sources.

— Je suis heureuse de l'entendre. Mais attention, je t'aurai à l'œil.

— Tu veux dire que tu vas rester dans les parages ?

— C'est ça. Je vais traduire le livre de ta mère et travailler à distance pour l'agence.

— Tous ces efforts pour me surveiller ?

— Je serais restée de toute façon. Mais oui, d'une certaine manière c'est à cause de toi – ou plutôt, de ce que tu as écrit à la fin de ton livre. Sur le fait de donner une seconde chance. Tu as dit que si tu l'avais eue, mon fils la méritait aussi. J'ai décidé de suivre ce conseil. Mais ce n'est pas si simple, ça prendra du temps.

— Ça, c'est sûr.

— En parlant de pardon, et de temps qui passe. Tu ne trouves pas que le moment est venu de mettre fin à cette guerre froide entre Jacques et toi ?

— Si ça ne tenait qu'à moi, elle serait finie depuis longtemps.

— Tu le lui as dit ?

— Pas vraiment. Nous deux, c'est compliqué, je...

— Commence par l'appeler et lui annoncer que tu vas acheter la maison, non ? »

Henry soupire. « Tu peux aller chercher mon téléphone ? Il doit être à la cuisine.

— Selon les termes de notre accord, c'est toi qui dois travailler pour moi, pas l'inverse. Mais je vais faire une exception.

— Tu ne peux pas imaginer à quel point j'ai détesté cet homme, dit Henry lorsqu'elle revient. Je pensais que tous les problèmes de ma mère venaient de lui. Plus tard, j'ai compris que les torts étaient partagés. Puis, en lisant le livre de ma mère, j'ai découvert que ses blessures avaient des racines plus profondes. Mais cela n'enlève rien au fait que je me souvenais d'un mariage toxique, d'une maison maudite. Lorsque je suis revenu des Philippines, j'ai cru halluciner. Je ne les reconnaissais plus, et pas seulement parce qu'ils avaient vieilli. Ma mère était à l'hôpital et Jacques passait ses journées avec elle, lui lisant des livres à haute voix. Je l'ai vu la prendre dans ses bras alors qu'elle pleurait, sa bouche pressée contre ses joues humides. »

Henry détourne le regard. « Alors je me suis dit que peut-être, cet amour que je voyais à présent, avait toujours été là. Il était juste étouffé par les cris, les beuveries, les disputes. Mais d'une manière ou d'une autre, il avait survécu. »

Il tend le téléphone à Leila. « En fait, ça serait mieux si tu l'appelais à ma place. Après tout, c'est grâce à toi s'il y a de bonnes nouvelles.

— Je pense que tu devrais entamer tout de suite les travaux de rénovation. Et commencer par les fondations, qu'en dis-tu ? » Elle compose le numéro et dépose le téléphone sur la cuisse d'Henry. « À plus tard, partenaire. »

*

Leila étend la couverture sur le sable, à l'endroit où elle se souvient avoir ouvert les yeux vingt-huit ans plus tôt, de l'eau fraîche sur les lèvres, la flamme de la vie brûlant encore dans sa poitrine.

Elle se promet que dans les jours à venir, elle trouvera la force d'aller voir son amie au cimetière. Elle s'assiéra à côté de sa tombe et prendra tout son temps : elle a tant de choses à lui raconter.

Leila pose son ordinateur sur ses jambes croisées. Elle enlève ses chaussures et ouvre sa traduction de *Pourri Brûlé*.

Lorsqu'elle rédigeait ce roman, Martine Norbert avait décidé de ne plus être Martine, mais Séverine. Peut-être voulait-elle s'éloigner de la douleur qu'elle ressentait à revivre son passé, s'affranchir de son histoire, en faire une fiction. Pauline Girard avait fait la même chose, lorsqu'elle avait choisi de se débarrasser de son nom et de devenir Valérie. Elle souhaitait vivre un été encore comme si elle était une adolescente ordinaire, insouciante, avec la vie devant elle.

Leila sirote son thé en lisant les paragraphes qu'elle a déjà traduits en allemand. La langue lui semble stérile, pesante, bridée par les réflexes de vingt ans passés en apnée entre manuels et contrats.

Elle efface tout et contemple l'écran vide.

Elle ouvre le livre à la première page, enfonce ses orteils dans le sable, jette un dernier regard au lac, et recommence à zéro.

ACHEVÉ D'IMPRIMER
EN FÉVRIER DEUX MILLE VINGT-CINQ
PAR L'IMPRIMERIE FLOCH À MAYENNE.